Plutarchus

Ausgewählte Biographien C. Marius

Plutarchus

Ausgewählte Biographien C. Marius

ISBN/EAN: 9783743308626

Hergestellt in Europa, USA, Kanada, Australien, Japan

Cover: Foto ©Raphael Reischuk / pixelio.de

Manufactured and distributed by brebook publishing software (www.brebook.com)

Plutarchus

Ausgewählte Biographien C. Marius

Plutarchs ausgewählte Biographien.

Deutsch

von

Ed. Eyth.

Achtes Bändchen.
C. Marius.

Stuttgart.
Krais & Hoffmann.
1860.

Plutarchs ausgewählte Biographien.

Deutsch

von

Ed. Eyth.

Achtes Bändchen.
C. Marius.

Stuttgart.
Krais & Hoffmann.
1860.

Plutarchs ausgewählte Biographien.

Deutsch

von

Ed. Eyth.

Achtes Bändchen.
C. Marius.

Stuttgart.
Krais & Hoffmann.
1860.

welche schon früher den Fall Carthago's herbeigeführt hatten, — auf die kriegerischen Gestalten eines **Marius** und **Sulla**. — —

Für die deutsche Nation, als solche, muß gewiß das erste Auftreten ihrer Voreltern auf dem Schauplatze der Geschichte stets von dem größten Interesse sein. Es war der so ganz unerwartete Einbruch der Cimbern und Teutonen in Italien. Rom, das siegreiche, stolze, furchtlose Rom zitterte und wankte in seinen Grundvesten. Die Rächer einer unterdrückten Welt schienen gekommen, um das Amt eines wohlverdienten Gerichtes in schrecklichster Weise schon jetzt auszuüben. Wer erkämpfte damals eine Frist für den Untergang? Wer rettete die Civilisation jener Zeit? Wer bewies es durch die Vernichtung der germanischen Eindringlinge abermals auf's augenscheinlichste, daß die rohe Kraft und ungelenke Massenhaftigkeit im Kampfe nicht ausreicht, wenn ihr neben dem Muthe zugleich besonnener Verstand und sichere Taktik entgegenstehen? Das war — obgleich in verschiedenen Stufen des Antheils an dem Verdienste — **Sulla** und **Marius**.

Was hätten doch diese energischen Charaktere leisten und nützen können, wenn sie vermocht hätten, sich zu Verfolgung edler, dem allgemeinen Besten dienender Zwecke zu vereinigen, etwa wie einst Pelopidas und Epaminondas in Thebä zusammenwirkten! Oder, um nicht ein allzu seltenes Ideal zu nennen, — hätten sie doch wenigstens das gleiche Verhältniß eingehalten, wie zu Athen ein Aristides und Themistokles, deren Rivalität zwar auch offen genug hervortrat und gleichfalls nicht ohne sittliche Flecken blieb, aber doch ihre Vaterstadt nicht zu einem großen Kirchhofe machte. So gelinde verlief die Sache in Rom nicht. Und wenn man sehen will, wohin es endlich führt, wenn die Parteien im Staate das Maaß verlieren und die Extreme herrschend werden — sei es das Extrem der Aristokratie oder das der Demokratie, — nun wohlan, dann lese man abermals die Lebensbeschreibungen des — **Marius** und **Sulla**!

Einleitung

zu

Marius und Sulla.

Marius und Sulla sind die Namen zweier Männer, die uns nicht sowohl durch Bewunderung ihrer Größe oder durch wohlthuende Aeußerungen ihres Gemüthes fesseln, als vielmehr durch den Schrecken, den sie verbreiten, auf's empfindlichste zurückstoßen. Denn die Verdienste, welche sie sich unbestreitbar im Kriege für Rom erwarben, stehen weit zurück gegen die Verbrechen, womit sie sich im Kampfe je gegen die Hälfte ihrer Vaterstadt und ihres Volkes befleckten. Aber auch das Unerfreulichste kann wichtig sein, und selbst dann noch bleibt die Geschichte lehrreich, wenn ihre Blätter mit Blut geschrieben sind.

Wir sehen in unseren Tagen, wie eine europäische Großmacht sich im Norden Afrika's allmälig ein neues Reich begründet, das ihr theils zur Ableitung gefährlicher Gährungsstoffe, theils zur sicheren Kornkammer, theils zur praktischen Kriegsschule, theils noch zu weiteren offenbaren und geheimen Zwecken dient. Ohne Zweifel muß sie in der Hand der Vorsehung, ob auch unbewußt, noch höhere Absichten fördern, damit Länder, die seit vielen Jahrhunderten der Barbarei verfallen waren, wiederum der Cultur und Gesittung erschlossen werden. Fragt man aber, ob in diesen Bestrebungen keine Zeit, keine Nation vorangegangen sei, so werden wir nach Rom verwiesen und treffen hier in erster Linie — neben den Helden, welche schon früher den Fall Carthago's herbeigeführt hatten, — auf die kriegerischen Gestalten eines **Marius** und **Sulla**. — —

Für die deutsche Nation, als solche, muß gewiß das erste Auftreten ihrer Voreltern auf dem Schauplatze der Geschichte stets von dem größten Interesse sein. Es war der so ganz unerwartete Einbruch der Cimbern und Teutonen in Italien. Rom, das siegreiche, stolze, furchtlose Rom zitterte und wankte in seinen Grundvesten. Die Rächer einer unterdrückten Welt schienen gekommen, um das Amt eines wohlverdienten Gerichtes in schrecklichster Weise schon jetzt auszuüben. Wer erkämpfte damals eine Frist für den Untergang? Wer rettete die Civilisation jener Zeit? Wer bewies es durch die Vernichtung der germanischen Eindringlinge abermals auf's augenscheinlichste, daß die rohe Kraft und ungelenke Massenhaftigkeit im Kampfe nicht ausreicht, wenn ihr neben dem Muthe zugleich besonnener Verstand und sichere Taktik entgegenstehen? Das war — obgleich in verschiedenen Stufen des Antheils an dem Verdienste — **Sulla** und **Marius**.

Was hätten doch diese energischen Charaktere leisten und nützen können, wenn sie vermocht hätten, sich zu Verfolgung edler, dem allgemeinen Besten dienender Zwecke zu vereinigen, etwa wie einst Pelopidas und Epaminondas in Thebä zusammenwirkten! Oder, um nicht ein allzu seltenes Ideal zu nennen, — hätten sie doch wenigstens das gleiche Verhältniß eingehalten, wie zu Athen ein Aristides und Themistokles, deren Rivalität zwar auch offen genug hervortrat und gleichfalls nicht ohne sittliche Flecken blieb, aber doch ihre Vaterstadt nicht zu einem großen Kirchhofe machte. So gelinde verlief die Sache in Rom nicht. Und wenn man sehen will, wohin es endlich führt, wenn die Parteien im Staate das Maaß verlieren und die **Extreme** herrschend werden — sei es das Extrem der Aristokratie oder das der Demokratie, — nun wohlan, dann lese man abermals die Lebensbeschreibungen des — **Marius** und **Sulla**!

Cajus Marius.

Cap. 1.

Von Cajus Marius kann ich keinen dritten Namen angeben, — so wenig als von Quintus Sartorius*), dem vormaligen Gebieter Hispaniens, oder von Lucius Mummius, dem Eroberer Korinths. Denn der Beiname Achaicus**) wurde dem Letzteren in Folge seiner Thaten gegeben, gerade wie Scipio „der Afrikaner" und Metellus „der Macedonier" hieß.

In diesem Umstande meint Posidonius***) einen entscheidenden Beweis gegen die Ansicht zu finden, wornach bei den Römern der dritte Namen, z. B. Camillus, Marcellus, Cato 2c., der Hauptname sein soll. Wer bloß mit zwei Namen benannt ist (meint er), würde ja sonst gar keinen rechten Namen besitzen.

Er vergißt, daß er durch diese Beweisführung in das Gleiche verfällt, indem er die Frauen namenlos macht. Denn man gibt keiner Frau den ersten Namen†), welchen Posidonius für den eigentlichen Namen bei den Römern hält ††); und von den übrigen Namen

---

*) Sartorius und Mummius waren aus unbedeutenden Familien, daher wahrscheinlich der dritte Name fehlte.

**) Achaicus, weil Korinth das Haupt des achäischen Bundes war.

***) Posidonius, Philosoph und Geschichtschreiber aus Syrien.

†) Dieß geschah doch zuweilen; der Vorname Prima, Secunda, war nicht selten.

††) Die Römer hatten einen Vornamen (praenomen) — sagt er selbst — z. B. Publius; dann folgte der Geschlechtsname, z. B. Cornelius (nomen gentilitium.); sodann der von Zufälligkeiten herrührende Name des Familienzweigs (cognomen), z. B. Scipio, wozu noch öfters ein dem Einzelnen angehöriger Beiname (agnomen) kam, z. B. Africanus. Anfänglich brauchte man gewöhnlich den Vornamen, späterhin häufig das cognomen oder agnomen. Die Sitte wechselte eben.

bezeichnet nach seiner Ansicht der eine nur im Allgemeinen die Familie, z. B. Pompejus, Manlius, Cornelius, — (gerade wie man von Herakliden, Pelopiden u. dgl. sprechen kann;) — der andere ist nach ihm nur ein Beiname, hergenommen von irgend einer Eigenschaft, die sich auf die Natur, die Handlungen, das leibliche Aussehen oder die leiblichen Gebrechen des Betreffenden bezieht, z. B. Macrinus*), Torquatus, Sulla; dahin gehört auch Mnemon, Grypus, Kallinikus u. dgl.

Uebrigens ist in diesen Stücken der Gebrauch zu ungleich, um nicht die mannigfaltigsten Behauptungen herbeizuführen.

Cap. 2.

Von Marius' Gesicht habe ich selbst zu Ravenna in Gallien**) eine marmorne Abbildung gesehen, die vollkommen mit dem finsteren, herben Wesen übereinstimmt, welches man ihm zuschreibt. Schon die Natur hatte ihm etwas Männliches, Kriegerisches gegeben. Die Erziehung, welche er genoß, war gleichfalls mehr für den Soldaten, als für den friedlichen Bürger berechnet. So bildete sich in ihm eine Leidenschaftlichkeit aus, die in seinen hohen Stellungen auf's grellste hervortrat.

Mit griechischen Wissenschaften soll er sich niemals befaßt und ebensowenig bei irgend einem wichtigen Gegenstande sich der griechischen Sprache bedient haben. Er hielt es für lächerlich, sich mit Wissenschaften bekannt zu machen, „deren Lehrer nur Sklaven von anderen Menschen seien!" Nach seinem zweiten Triumph gab Marius allerdings griechische Spiele, — und zwar aus Anlaß einer Tempelweihe; er kam bei dieser Gelegenheit sogar in das Theater, nahm jedoch nur Platz, um sogleich sich wieder zu entfernen.

Plato pflegte zu dem Philosophen Xenokrates, der gleichfalls für einen etwas unfreundlichen Charakter galt, oftmals zu sagen:

---

*) Macrinus, der Magere, — Torquatus, mit der Halskette — Sulla, mit Schorf im Gesicht, — Mnemon, mit dem guten Gedächtniß, — Grypus, mit der Habichtsnase, — Kallinikus, Siegesheld ꝛc.

**) Das cisalpinische Gallien ist s. v. a. Ober-Italien. Ravenna liegt am adriatischen Meere.

„mein allertheuerster Xenokrates, opfere den Grazien!" Ebenso hätte man auch dem Marius zureden sollen, „den griechischen Musen und Grazien zu opfern." Schwerlich hätte er dann seinen höchst ausgezeichneten Thaten im Krieg und Frieden einen so häßlichen Schluß angehängt, indem er sich durch Leidenschaftlichkeit, unzeitige Herrschbegierde und unverbesserliche Habsucht noch in seinen alten Tagen zur größten Grausamkeit verführen ließ.

Den Beweis hievon möge man nun sogleich in seinen Handlungen selbst näher kennen lernen!

Cap. 3.

Marius stammte aus einer durchaus niedrigen Familie; seine armen Eltern ernährten sich mit ihrer Hände Arbeit. Sein Vater hatte mit ihm den gleichen Namen; die Mutter hieß Fulcinia.

Erst spät sah Marius die Hauptstadt; erst spät durfte er die Genüsse verschmecken, womit man sich dort die Zeit vertreibt. Bis dahin lebte er immer nur in einem Dorfe bei Arpinum *), das Cereatum hieß. Neben dem feinen, abgeschliffenen Wesen der Hauptstadt erschien freilich dieses Leben etwas bauernartig; dagegen war es einfachsittlich und hatte eine Aehnlichkeit mit den altrömischen Gewohnheiten.

Der erste Feldzug, den Marius mitmachte, ging gegen die Celtiberer, als Scipio Afrikanus Numantia**) belagerte. Diesem Feldherrn entging es nicht, wie der junge Mann sich durch Tapferkeit vor seinen Kameraden hervorthat und sich am leichtesten in die veränderte Lebensweise fügte, welche Scipio bei seinen durch Ueppigkeit und Verschwendung heruntergekommenen Armeen einzuführen suchte. Auch soll er einmal vor den Augen des Feldherrn einen Feind im Zweikampfe erlegt haben. Deßwegen wurde er nun auf die verschiedenste Weise von ihm ausgezeichnet.

---

*) Arpinum, jetzt Arpino, in Latium, war auch Cicero's Vaterstadt.
**) Numantia, in Spanien am Duero, hatte sich glücklich und heldenmüthig gegen mehrere römische Feldherren vertheidigt, bis der junge Scipio, der vor Allem die verfallene Kriegszucht herstellte, es endlich überwältigte.

So kam man einmal nach der Tafel zufällig auf Feldherren zu sprechen; Einer der Anwesenden warf entweder im Ernste die Frage auf, oder wollte er nur zum Vergnügen von Scipio wissen: „Wer denn nach ihm wieder solch' einen Feldherrn, solch' einen Beschützer für das römische Volk geben würde?" Marius hatte seinen Platz gerade neben Scipio*), der ihm jetzt mit der Hand sanft auf die Achsel klopfte, und sagte: „vielleicht der da!" So trefflich begabt waren also Beide von Natur, daß der Eine schon als Jüngling seine künftige Größe erkennen ließ, und der Andere schon aus dem Anfang auf das Ende zu schließen vermochte.

Cap. 4.

Für Marius war dieses Wort wie eine Stimme von Oben, die ihn mehr, als alles Andere, zu großen Hoffnungen ermuthigte.

Er stürzte sich jetzt in die politische Laufbahn und erlangte wirklich das Tribunat, — besonders durch die Bemühungen des Cäcilius Metellus, dessen Haus er von jeher (wie auch sein Vater) ungemein hochschätzte. In seinem Tribunat beantragte er über die Art der Abstimmung ein Gesetz, welches, wie man glaubte, der vornehmen Partei allen Einfluß auf die jedesmalige Entscheidung raubte. Deßwegen trat ihm der Consul Cotta**) entgegen und bewog den Senat, das Gesetz zu bekämpfen, ja sogar den Marius zur Verantwortung vorzuladen. In der That wurde dieß zum Beschlusse erhoben.

Allein nun trat Marius auf, — keineswegs in der leidenden Stimmung eines jungen Mannes, der ohne allen vorangehenden Glanz erst seit Kurzem in eine politische Stellung vorgerückt war, sondern vielmehr als ein Mann, der sich bereits ein Selbstbewußtsein gestattete, wie es erst seine späteren Thaten ihm verleihen konnten. Er

---

*) Im Griechischen: „über Scipio", wobei man sich an die Art und Weise erinnern muß, wie die Römer zu Tische lagen.

**) Lucius Aurelius Cotta, Consul im Jahr 119 v. Chr. Die lex Maria ging dahin, ut pontes angustiores fierent, d. h. daß die Stege, über welche die Wähler zur Abstimmung gehen mußten, enger gemacht werden sollten, — wodurch das Hereindrängen der Vornehmeren unter die Geringeren, um auf diese einzuwirken, räumlich verhindert wurde.

drohte, den Cotta in's Gefängniß abführen zu lassen, wenn er nicht seinen Antrag wieder zurückziehe.

Als letzterer sich jetzt an Metellus wandte, um dessen Gutachten einzuholen, so trat derselbe zu Gunsten des Consuls auf. Aber Marius schickte nach seinem Amtsdiener und befahl, Metellus selbst in's Gefängniß abzuführen. Dieser appellirte jetzt an die anderen Tribunen, ohne bei einem einzigen Hilfe zu finden. Deßhalb gab der Senat nach und zog den Beschluß zurück.

Im höchsten Glanze des Ruhmes konnte Marius zum Volke hinauseilen und seinem Antrage die Bestätigung ertheilen. Er galt jetzt für einen Mann, der sich durch keine Furcht einschüchtern, durch keine Rücksichten der Hochachtung abwendig machen ließ, sondern vielmehr durch die Gunst der Massen und an der Spitze des Volkes ein furchtbarer Gegner des Senates werden konnte.

Indessen veranlaßte er durch einen anderen politischen Schritt gar bald eine Aenderung in den Ansichten, die man von ihm hegte. Als nämlich ein Antrag auf unentgeldliche Früchtevertheilung eingebracht werden sollte, widersetzte er sich seinen Mitbürgern mit der größten Energie und dem glücklichsten Erfolge. Hiedurch stellte er sein Ansehen bei beiden Parteien in's Gleichgewicht, weil man sah, daß er nach keiner Seite hin das allgemeine Interesse seinen Neigungen zum Opfer brachte.

Cap. 5.

Nach dem Volkstribunat bewarb er sich um die höhere Aedilen-Stelle. Bei der Aedilität gibt es nämlich zweierlei Rangstufen. Die eine Stelle hat ihren Namen von dem „curulischen Stuhl" *), worauf der Aedil bei seinen amtlichen Verrichtungen sitzt, wogegen man die geringere Stelle als „plebejische Aedilität" bezeichnet.

---

*) Sella curulis, eigentlich Wagenstuhl, weil man ihn auf Wagen in die Feldzüge mitführte, stammte von den Etruskern, hatte geschweifte Füße, war von Elfenbein, mit Gold ausgelegt und gehörte den höheren Aedilen, den Prätoren und Consuln.

Sobald die Wahl der höher stehenden Aedilen erfolgt ist, schreitet man alsbald zur Abstimmung über die zweite Klasse. Als daher Marius bei der ersteren in entschiedenem Nachtheil blieb, änderte er schnell seine Pläne und bat nunmehr um die andere Stelle. Allein man sah hierin nur eine hochmüthige Frechheit und es mißlang ihm.

So hatte er denn an einem einzigen Tage zwei Durchfälle erlebt, — ein Unglück, das noch niemals einem Anderen begegnet war. Dennoch stimmte er sein Selbstbewußtsein nicht im mindesten herunter, sondern trat vielmehr nach kurzer Zeit als Bewerber um eine Prätur auf. Es fehlte wenig zu einem abermaligen Durchfall, jedenfalls war sein Name der letzte von allen, der herauskam.

Zudem bekam er noch einen Proceß wegen Bestechung. Den meisten Verdacht hatte hiebei ein Sklave des Cassius Sabako hervorgerufen, den man innerhalb der Schranken unter den Wählern sich herumtreiben sah. Sabako gehörte nämlich zu den allernächsten Freunden des Marius. Als derselbe nun vor Gericht vorgeladen wurde, so gab er die Erklärung ab: „er habe wegen der Hitze Durst gehabt und frisches Wasser gewünscht; sein Sklave sei nun mit einem Becher zu ihm hereingekommen, habe sich aber sogleich wieder entfernt, nachdem er getrunken!" Dieser Mann wurde von den späteren Censoren aus der Liste des Senats gestrichen, weil eine derartige Strafe entweder durch sein falsches Zeugniß vor Gericht oder durch seinen unsittlichen Lebenswandel gerechtfertigt schien.

Indessen mußte noch ein weiterer Zeuge gegen Marius auftreten, — Cajus Herennius. Dieser erklärte jedoch, „daß es wider das Herkommen sei, gegen einen Clienten Zeugniß abzulegen; das Gesetz entbinde vielmehr jeden Patron dieser Verpflichtung (Patron nennt man zu Rom die Schutzpfleger der niederen Stände); nun seien aber schon Marius' Eltern und ebenso Marius selbst von jeher zu dem Herennischen Hause in dem Verhältnisse der Clientel gestanden."

Während hierauf das Gericht diese Verweigerung der Zeugenschaft als gerechtfertigt annahm, machte dagegen Marius selbst Einsprache gegen Herennius' Vorbringen. Er behauptete, unmittelbar mit seiner ersten Ernennung zu einem Amte „sei er über den Clienten hinaus gewesen".

Dieß war jedoch nicht vollkommen richtig. Denn nicht jedes Amt befreit die Betreffenden selbst und ihre Familie von der Annahme eines Schutzpflegers; diese Wirkung hat nur ein solches Amt, dem das Gesetz die sella curulis bewilligt. Somit stand es auch in den ersten Tagen für Marius schlimm mit seinem Processe, und die Stimmung der Richter war entschieden gegen ihn. Demungeachtet wurde er am letzten Tage wider alles Vermuthen freigesprochen, weil sich eine Stimmengleichheit herausstellte.

Cap. 6.

In seiner Prätur erwarb er sich nur ein sehr bescheidenes Lob. Nach der Prätur erhielt er durch's Loos das „jenseitige*) Spanien" zur Verwaltung, und soll wirklich diese Provinz völlig von Räuberbanden gesäubert haben, — eine Provinz, die damals noch auf der Stufe einer thierischen Uncultur stand, indem die Spanier das Räuberwesen noch immer für die schönste Beschäftigung hielten.

Aber trotz der politischen Laufbahn, die er betreten hatte, besaß er weder Reichthum noch Beredtsamkeit, womit die gefeiertsten Männer dieser Zeit das Volk zu leiten suchten. Dagegen war es das angestrengte Emporstreben seines Geistes, die Ausdauer in allen mühseligen Arbeiten, die plebejische Einfachheit seiner Lebensweise selbst, was seine Mitbürger ihm gewissermaßen hoch anrechneten.

Durch diese Achtung wuchs auch seine Bedeutung so sehr, daß er sogar eine glänzende Heirathsverbindung schließen konnte. Aus einer hohen Familie, der Familie Cäsar, erhielt er die Julia zur Gemahlin, deren Neffe der gleiche Cäsar war, welcher längere Zeit nachher die größte Rolle in Rom spielte und theilweise, in Rücksicht der Verwandtschaft, sich den Marius zum Vorbilde nahm. (Näheres davon in seiner Lebensbeschreibung.)

Allgemein wird dem Marius auch die Eigenschaft der strengen Mäßigkeit und Standhaftigkeit zuerkannt. Von der letzteren liefert unter Anderem sein Benehmen bei der bekannten chirurgischen Operation einen Beweis. Er hatte nämlich, wie es scheint, eine Menge

---

*) Jenseitige, d. h. jenseits des Ebro gelegene.

von sogenannten Krampfadern*) an beiden Schenkeln bekommen, und da ihm der dadurch veranlaßte häßliche Gang ärgerlich war, so beschloß er, sich einer Cur zu unterziehen. Wirklich gab er auch den einen Fuß zum Schneiden her. Ohne sich binden zu lassen, ohne zu zucken oder zu seufzen, ohne eine Miene im Gesichte zu verziehen, hielt er lautlos die unerträglichsten Schmerzen unter dem Messer aus. Als jedoch der Arzt nun an das andere Bein gehen wollte, so gab er ihm dieses nicht mehr, indem er sagte: „er sehe, daß die Verbesserung den Schmerz nicht werth sei!"

Cap. 7.

Als Cäcilius Metellus**) für den jugurthinischen Krieg zum Consul und Oberfeldherrn ernannt worden war, so nahm er den Marius als Unterfeldherrn nach Afrika mit. Hier begann nun Marius seine ausgezeichneten Thaten und ruhmvollen Kämpfe.

Indessen hatte er keineswegs Lust, wie die Anderen, hiedurch nur zur Größe des Metellus beizutragen und für ihn zu wirken. Seine Ansicht ging dahin, daß er nicht sowohl von Metellus zum Unterbefehlshaber berufen sei, als vielmehr von seinem Glücksterne selbst in den günstigsten Augenblick und auf den größten Schauplatz erhabener Thaten eingeführt werde. Dieß war sein Standpunkt bei allen Beweisen seiner Tapferkeit.

So viele Lasten nun auch der Krieg mit sich führte, — Marius erbebte nie vor einer großen Anstrengung; ebensowenig hielt er eine geringe unter seiner Würde. Alle, welche den gleichen Rang mit ihm theilten, übertraf er durch Besonnenheit und richtige Voraussicht des Zweckmäßigen, während er zugleich mit den Soldaten in der Einfachheit und Ausdauer wetteiferte, und dadurch sich ihre Liebe in hohem Grade gewann. Denn überhaupt scheint bei Jedermann ein wirklicher Trost für das Leiden in der freiwilligen Theilnahme eines Anderen

---

*) **Krampfadern**, krankhafte Erweiterung der Venen, oder Blutadern, — lat.: Varices.

**) Bekam wegen seiner Verdienste in diesem Kriege den Beinamen: Numidicus.

an diesen Leiden zu liegen, weil man dadurch das unangenehme Muß entfernt glaubt. Und für einen römischen Soldaten insbesondere gibt es keinen erfreulicheren Anblick, als einen General, der vor Aller Augen Commisbrod ißt, auf einer elenden Streu liegt oder bei dem Bau irgend eines Grabens und Walls auch selbst mit Hand anlegt. Offiziere, welche der Mannschaft ihren Antheil an Auszeichnung und Geld zukommen lassen, stehen weit nicht in so hoher Achtung, wie Andere, welche an Arbeit und Gefahr selbst Theil nehmen. Wenn sich ein Offizier mit dem Soldaten gerne jeder Anstrengung unterzieht, so ist er auch weit beliebter, als wenn er gegen die Leichtfertigkeit ein Auge zudrückt.

Dieß Alles that nun Marius, und wurde auf solchem Wege ein wahrer Demagog unter der Armee. In Kurzem hatte er Afrika, in Kurzem Rom mit seinem Namen, seinem Ruhme erfüllt. Denn jeder Soldat schrieb aus dem Lager nach Hause: „man werde niemals frei und los von dem Kriege gegen diese wilden Feinde, wenn man nicht C. Marius zum Consul wähle!"

Cap. 8.

Hierüber vermochte Metellus seinen Mißmuth nicht zu verbergen. Am meisten schmerzte ihn jedoch der Vorfall mit Turpilius.

Dieß war ein Mann, der schon von den beiderseitigen Vätern her mit Metellus in dem Verhältnisse des Gastfreundes stand, und damals als oberster Anführer der Arbeitersoldaten den Feldzug mitmachte. Er war Kommandant von Baga*), einer großen Stadt, und hatte das beste Vertrauen, weil er den Einwohnern nichts zu Leide that, sondern sie mild und menschenfreundlich behandelte. Aber eben dadurch gerieth er unvermuthet in die Hand der Feinde, indem die Einwohner dem Jugurtha ihre Thore öffneten. Indessen fügten sie dem Turpilius nichts Böses zu, sondern verhalfen ihm sogar durch ihre Bitten zum unversehrten Fortkommen. Nun machte man ihm aber den Vorwurf der Verrätherei. Und Marius, der als Mitglied an dem Kriegsgerichte Theil nahm, war nicht nur für seine eigene

---

*) Baga, nach Andern Vaga oder Vacca, ein großer Handelsplatz.

Person gegen ihn erbittert, sondern hetzte auch noch die meisten Andern auf, so daß Metellus gegen seinen Willen abgezwungen wurde und den armen Mann zum Tode verurtheilen mußte. Bald darauf erwies sich die Beschuldigung als falsch. Während nun alle Anderen den Schmerz und Unmuth des Metellus theilten, freute sich bloß Marius. Dieser nahm die Sache völlig auf sich und entblödete sich nicht, allenthalben öffentlich auszusprechen: „wie er dem Metellus einen Teufel auf den Hals gesetzt habe für den Mord seines Freundes!"

Hieraus entwickelte sich zwischen Beiden ein offener Bruch. So soll Metellus einmal in Marius' Anwesenheit mit einer Art von übermüthigem Spotte gesagt haben: „nun, edler Mann, Ihr gedenkt uns zu verlassen und nach Hause zu fahren, um Euch dort um das Consulat zu bewerben? Wollt Ihr denn nicht zufrieden sein, wenn Ihr einmal mit meinem Buben hier Consul werdet?" Der Knabe des Metellus war damals noch ein blutjunges Bürschchen*).

Weil indessen Marius seinen Urlaub auf's eifrigste betrieb, so entließ ihn endlich Metellus nach mancherlei Verzögerungen, die er herbeiführte, und erst in den letzten zwölf Tagen vor der Consulwahl.

So groß nun auch die Entfernung vom Lager zum Meere, nach Utika, war: — Marius legte diesen Weg in der kurzen Zeit von Einer Nacht und zwei Tagen zurück. Vor der Einschiffung opferte er noch. Dabei soll ihm der Wahrsager gemeldet haben, daß „die Gottheit dem Marius Ereignisse eines ganz unglaublich großen, über alle Erwartung hohen Glückes ankündigen lasse!"

Ermuthigt durch diesen Spruch segelte er ab. Nachdem er unter günstigem Winde in nicht vollen vier Tagen das Meer durchschifft hatte, erblickte das Volk alsbald den Gegenstand seiner Sehnsucht. Er wurde demselben durch einen Tribunen vorgestellt und bat nun — unter mancherlei nachtheiligen Aeußerungen über Metellus — um Uebertragung der Stelle, indem er versprach, den Jugurtha todt oder lebendig in seine Gewalt zu bekommen.

---

*) Zum Consulat konnte man gesetzlich erst im 43sten Jahre gelangen.

Cap. 9.

Nach einer glänzenden Wahl bestand sein erstes Geschäft in Aushebungen, wobei er gegen Gesetz und Herkommen sehr viele mittellose, oder dem Sklavenstande angehörige Personen in die Listen eintragen ließ. Von den früheren Generalen hatte keiner derartige Leute angenommen, sondern die Waffen, wie alles Andere von Belang, nur würdigen, vermöglichen Männern als eine Auszeichnung in die Hand gegeben, weil jeder Einzelne sein Vermögen als Pfand einzusetzen schien.

Doch war dieß Alles noch nicht die Hauptsache, die den Marius in bösen Leumund brachte. Weit mehr waren es seine kecken, von Stolz und Hochmuth eingegebenen Reden, was die ersten Männer des Staates schmerzte. Denn „sein Consulat — rief er laut — sei nur eine Beute, die er der Weichlichkeit des vornehmen und reichen Adels abgenommen habe! Mit seinen eigenen Wunden, nicht mit Monumenten der Todten oder fremden Ahnenbildern*) wolle er stolziren!"

Oft führte er auch die unglücklichen afrikanischen Generale, bald den Bestia**), bald den Albinus, mit Namen an. Dieß waren Männer aus höchst angesehenen Häusern, welche jedoch bedeutendes Mißgeschick gehabt hatten. Marius nannte sie unbefähigt zur Kriegführung, und fand den Grund ihrer Unfälle bloß in der Ungeschicklichkeit. Zugleich fragte er öfters das anwesende Publikum: „ob man nicht meine, daß auch ihre Ahnen sich weit lieber eine Nachkommenschaft gewünscht hätten, wie Er ein Mann sei? Sie hätten ja auch ihren Ruhm nicht von Geburt gehabt, sondern durch Tapferkeit und ruhmvolle Thaten erst errungen!"

---

*) In den Vorhallen adeliger Häuser standen die Bildnisse der Ahnen aus Wachs, Marmor oder Metall, die gleichsam den Stammbaum angaben. Marius hatte keine.

**) L. Calpurnius Piso Bestia und Spurius Posthumius Albinus führten den Krieg wider Jugurtha als Consuln in den Jahren 111 und 110 v. Chr. Es war jedoch weniger die Untüchtigkeit als die Bestechlichkeit der Grund des unglücklichen Erfolgs.

Uebrigens that er diese Aeußerungen nicht in leerer Prahlerei, oder weil er in den Tag hinein Zerwürfnisse mit der Aristokratie suchte; sondern das Volk, das an der Beschimpfung des Senats seine Freude fand und stets die Größe des Geistes nur nach dem Bombast der Worte bemißt, — das Volk steigerte ihn selbst hinauf und drängte ihn zu dieser Schonungslosigkeit, womit er alle bedeutenden Persönlichkeiten angriff — eben, um der Masse gefällig zu werden.

Cap. 10.

Als Marius in Afrika gelandet hatte, vermochte Metellus nicht mehr, seinen Haß zu bemeistern. Es schmerzte ihn auf's tiefste, daß Marius, „ein bloß durch die Undankbarkeit gegen ihn emporgestiegener Mann, jetzt nur komme, um den Lorbeerkranz und Triumph zu holen, während er — Metellus — den Krieg beendigt und lediglich nur noch die Person des Jugurtha einzufangen hätte!"

Unter diesen Umständen konnte er sich nicht entschließen, mit ihm zusammenzutreffen. Er wich ihm für seine Person aus; dagegen erhielt der Unterfeldherr des Metellus, Rutilius, den Auftrag, dem Marius die Armee zu übergeben.

Uebrigens kam späterhin, beim Ende dieser Angelegenheit, noch eine gewisse Nemesis über Marius, sofern ihm der Ruhm des vollendeten Sieges ebenso von Sulla entrissen wurde, wie er selbst ihn dem Metellus geraubt hatte. Wie dieß geschah, will ich nur kurz erzählen, weil das Einzelne ausführlicher in Sulla's Lebensbeschreibung vorkommt.

Der König Bocchus, dessen Gebiet*) noch tiefer im Inneren lag, war der Schwiegervater des Jugurtha. Während des Krieges schien er denselben nicht im mindesten zu unterstützen, indem er theils seine Treulosigkeit verabscheute, theils seine wachsende Größe fürchtete. Als Jugurtha aber, flüchtig und unstät geworden, in seiner Noth eben nur noch auf ihn seine letzte Hoffnung setzte, bei ihm gleichsam in

---

*) Das Reich des Maurenkönigs Bocchus erstreckte sich von dem Flusse Mulucha, der die Gränze gegen Jugurtha's Staaten bildete, bis an das atlantische Meer.

seinen Rettungsport einlief, so nahm er denselben mehr aus Scham-
gefühl wegen seiner elenden Lage, als aus wirklichem Wohlwollen
bei sich auf und behielt ihn fest in der Hand. Oeffentlich legte Bocchus sodann bei Marius eine Fürbitte für ihn ein und erklärte sogar
in den freimüthigsten Ausdrücken, daß er ihn nicht ausliefern würde.
Insgeheim aber sann er auf Verrath wider ihn und schickte nach Lucius Sulla, dem damaligen Quästor des Marius, der dem Bocchus
während des Feldzugs mehrfach nützlich geworden war. Sulla, der
nicht das mindeste Mißtrauen hegte, kam wirklich in seine Burg. Aber
jetzt trat bei dem Barbaren wieder ein gewisser Meinungswechsel, eine
Sinnesänderung ein, so daß er eine Reihe von Tagen hindurch in
seinen Entschließungen schwankte. Bald beabsichtigte er den Jugurtha
auszuliefern, bald wollte er auch sogar den Sulla nicht mehr von sich
lassen. Endlich zog er aber doch den ersteren verrätherischen Plan
vor und übergab den Jugurtha lebendig in Sulla's Hände.

Dieß wurde zwischen Marius und Sulla das erste Samenkorn
zu jenen unversöhnlichen, schweren Parteiungen, welche Rom an den
Rand des Verderbens führten. Denn Viele wünschten aus Mißgunst
gegen Marius, daß dieser Erfolg nur als ein Werk des Sulla gelten
sollte. Auch Sulla selbst trug einen Ring, den er sich machen ließ
und worauf Jugurtha eingegraben war, wie er gerade von Bocchus
an ihn ausgeliefert wird. Der fortwährende Gebrauch dieses Rings
war eine ununterbrochene Reizung des ehrgeizigen, händelsüchtigen
Marius, der für eine Theilung des Ruhmes durchaus keinen Sinn
besaß.

Sulla wurde übrigens zu diesem Verfahren hauptsächlich durch
Marius' Feinde verleitet, welche die ersten und bedeutendsten Kriegs-
ereignisse dem Metellus, die letzten Erfolge aber und die Beendigung
desselben eben dem Sulla zuschrieben. Das Volk sollte endlich auf-
hören, seine Bewunderung und Aufmerksamkeit vor allen Anderen
nur dem Marius zu schenken.

Cap. 11.

Jedoch hoben sich diese Aeußerungen von Mißgunst, Haß und
Verläumdung sehr bald: Ja, sie schlugen in's Gegentheil um durch

die Gefahr, welche vom Westen her über Italien hereinbrach. Es war ein Augenblick, in welchem Rom das Bedürfniß eines großen Feldherrn empfand und sich nach einem Steuermann umsehen mußte, durch den es hoffen durfte, dem ungeheuren Wogendrange dieses Krieges zu entrinnen. Niemand duldete mehr, daß Leute aus altadelichen großen oder begüterten Häusern als Candidaten für die Consulnwürde auftraten; troß seiner Abwesenheit wählte man vielmehr den Marius.

Denn kaum war die Nachricht von Jugurtha's Gefangennehmung zu Rom eingetroffen, als auch schon die Gerüchte von den Cimbern und Teutonen sich verbreiteten, — Gerüchte, die zwar am Anfang hinsichtlich der Menge und Stärke der anrückenden Heere keinen Glauben fanden, nachher aber sich als solche erwiesen, die noch unter der Wahrheit zurückblieben. Ihre Zahl belief sich auf 300,000 Mann Krieger, welche in Waffen heranzogen. Die Masse von Weibern und Kindern, die sie auf ihrer Wanderung mit sich führten, sollte, wie die Sage ging, noch viel bedeutender sein. Sie suchten ein Land, das diese ungeheure Menschenmenge zu ernähren vermöchte, — Städte, worin sie sich für ihre Zukunft niederlassen konnten, wie sie aus früherer Zeit von den Galliern hörten, daß diese den schönsten Theil von Italien den Etruskern abgenommen und besetzt hätten.

Sie selbst waren bei ihrer Abgeschlossenheit nach außen und bei der Ausdehnung der Ländermasse, über welche sie heranzogen, eigentlich unbekannt. Man wußte weder ihre Abstammung noch ihren Ausgangspunkt, von welchem aus sie nun über Gallien und Italien, wie eine Wetterwolke, hereinbrachen. Am wahrscheinlichsten rechnete man sie noch zu denjenigen germanischen Stämmen, deren Gebiet sich an das nördliche Weltmeer erstreckte. Man schloß dieß aus der Größe ihrer Gestalten, der hellblauen Farbe ihrer Augen, wie aus dem Umstande, daß „Cimbern" bei den Germanen der Name für Räuber ist*)! Einige behaupten: daß Gallien bei der Tiefe und Größe seines Gebiets sich von dem „äußeren Meer" (dem atlantischen Ocean) und den Regionen des hohen Nordens in östlicher Richtung gegen den mäotischen Sumpf (das asow'sche Meer) hinziehe und das pontische

---

*) Diese Bedeutung soll das Wort nach Festus in der gallischen Sprache gehabt haben, im Deutschen könnte es s. v. a. „Kämpfer" gewesen sein.

Scythien (die Krimm) berühre. Von diesem Punkte, wo eine Mischung der Stämme vor sich ging, hätten sich nun diese Horden erhoben. Sie seien jedoch nicht in Einem Sturme, oder ohne Unterbrechungen, sondern im Verlauf einer langen Zeit kriegerisch über den Continent hingezogen, indem sie nur eben in der guten Jahreszeit alljährlich vorwärts rückten. Deßwegen nannte man, so zahlreich die Benennungen der einzelnen Theile sein mochten, doch den Heereszug im Allgemeinen nur „Celtoscythen" (Gemisch von Celten und Scythen).

Nach einer anderen Ansicht machten die Cimmerier, welche den alten Griechen zuerst bekannt wurden, einen nicht beträchtlichen Theil des Ganzen aus. Es seien vielmehr nur Vertriebene, oder eine gewisse Partei gewesen, die, von den Scythen gedrängt, unter einem Anführer, Namens Lygdamis, von dem mäotischen See nach Asien übersetzten. Der größere und streitbarste Theil derselben, der an der äußersten Gränze am „äußeren Meere" wohnte, habe ein düsteres, wälderreiches, der Sonne fast unzugängliches Land inne gehabt, was von der Größe und Dichtigkeit der Waldungen herrühre, welche sich in's Innere bis zu den Herkynischen Wäldern*) fortsetzten. Was ihren Himmel anbelange, so erreiche der Pol hier eine außerordentliche Höhe, und stehe daher wegen der tiefen Senkung der Parallelkreise in der Nähe ihrer Wohnsitze nur noch wenig unter dem Scheitelpunkte. Die Tage, wornach sich ihre Zeit in zwei Hälften eintheile, kommen an Kürze oder Länge den Nächten völlig gleich; deßhalb habe auch Homer daselbst einen so reichen Stoff zu fabelhaften Erzählungen für seine Dichtungen vom Todtenreich gefunden**). Von hier sei also

---

*) Ueber diesen ungeheuren Wald vgl. Cäsar's gallischen Krieg VI, 24, 25. Tacitus Germannia 28 u. 30. Die wahrscheinlichen Wohnsitze der Cimbern und Teutonen waren jenseits der Elbe.

**) Homer's Odyssee XI, 14 ꝛc.:
„Dort nun ist das Gebiet und die Stadt der kimmerischen Männer,
Welche Gewölk' und Dunkel umhüllt; denn nimmer herunter
Schauet, das Licht aussendend, mit sonnigen Strahlen die Sonne,
Weder so oft sie steigt zu dem sternebesäeten Himmel,
Noch wenn wieder zur Erde sie kehrt von den himmlischen Höhen,
Sondern verderbliche Nacht umfließt unglückliche Menschen."

der Angriff der fraglichen Barbaren, welche anfänglich Cimmerier und jetzt nicht mit Unrecht Cimbern genannt wurden, gegen Italien ursprünglich ausgegangen.

Indessen beruhen alle diese Annahmen mehr nur auf Vermuthungen, als auf begründeten geschichtlichen Forschungen. Die Menge betrug nach vielfachen Angaben nicht sowohl unter — als vielmehr über der oben genannten Zahl. An Muth und Keckheit unwiderstehlich, im Dreinschlagen, wenn eine Schlacht geliefert wurde, der Heftigkeit und Gewalt des Feuers ähnlich, rückten sie näher und näher heran. Niemand vermochte ihrem Anprall zu widerstehen; Alle, zu denen sie kamen, erschienen wie ein todtes Beutestück und wurden rein ausgeplündert. Sogar viele und bedeutende römische Armeen und Feldherrn *), welche man zum Schutze des jenseits der Alpen gelegenen Galliens aufgestellt hatte, wurden schmählich hinweggefegt.

Und gerade diese zogen durch ihr schlechtes Benehmen im Kampfe den Sturm der Feinde gegen Rom herbei. Denn siegreich über alle Gegner, auf welche sie stießen, und im Besitze ungeheurer Schätze, die sie erbeuteten, beschlossen sie, sich nirgends niederzulassen, bis sie Rom dem Erdboden gleichgemacht und Italien völlig verwüstet hätten.

Cap. 12.

Als die Römer dieß von vielen Seiten hörten, so wollten sie den Marius abermals zur Feldherrnwürde berufen. In der That erhielt er jetzt sein zweites Consulat **). Zwar verbot das Gesetz,

---

*) Die verlorenen Schlachten erfolgten
1) Bei Noreja an der illyrischen Gränze unter Consul Cn. Papirius Carbo 113 v. Chr.
2) In Gallien unter Consul M. Jun. Silanus 109 v. Chr.
3) Am Genfersee unter Consul Lucius Cassius Longinus gegen die mit den Cimbern verbündeten Liguriner aus Helvetien 107 v. Chr. Longinus fiel.
4) Unter dem Legaten M. Aurelius Scaurus gegen die Cimbern 106 v. Chr. Scaurus gefangen.
5) Unter Consul Cnejus Manlius Maximus und Proconsul Q. Servilius Cäpio 105 v. Chr. Ein großes Heer vernichtet.

**) Vor Ablauf der gesetzlichen zehn Jahre.

einen Abwesenden, der nicht eine bestimmte Zwischenzeit hatte verstreichen lassen, wieder zu wählen, aber das Volk ließ sich durchaus keinen Widerspruch gefallen. Man war überzeugt, daß es keineswegs der erste Fall sei, worin das Gesetz dem Interesse weichen mußte, und daß die vorliegende Veranlassung ebenso gut begründet sei, als jene frühere, wobei man auch Scipio gegen die gesetzlichen Bestimmungen zum Consul ernannte, ohne damals den Verlust der eigenen Hauptstadt befürchten zu müssen, ja vielmehr nur, weil man Lust hatte, die Hauptstadt der Karthager zu zerstören.

Diese Ansichten reiften zum Beschluß. Marius kam mit seiner Armee aus Afrika herüber, und es war gerade der erste Januar, an welchem die Römer zugleich ihr Neujahrsfest begehen, — als er das Consulat übernahm und seinen Triumphzug hielt.

Hiebei gewährte er den Römern ein für sie selbst ganz unbegreifliches Schauspiel an dem gefangenen Jugurtha, bei dessen Lebzeiten kein Mensch gehofft hätte, mit den Feinden fertig zu werden. So gewandt war dieser Mann, um jeden Zufall zu benützen, — so außerordentlich war die Schlauheit, welche sich bei ihm mit dem leidenschaftlichsten Muthe verband. Aber jetzt verlor er, wie man sagt, den Verstand, da man ihn öffentlich durch die Straßen führte.

Nach dem Triumph wurde er in's Gefängniß geworfen. Als ihm dort Einige mit Gewalt den Rock vom Leibe rissen, — als sich etliche Andere beeilten, ihm gleichfalls mit Gewalt seinen goldenen Ohrring abzunehmen und dabei das Ohrläppchen selbst mit herunterrissen, — als er mit einem Stoße nackt in das tiefe Loch hinabgeworfen wurde, da rief er voll Verwirrung und mit grinsendem Lächeln aus: „Herkules, wie kalt ist euer Bad!"

Sechs Tage lang kämpfte er noch mit dem Hunger; bis zu seiner letzten Stunde hing er noch mit voller Liebe an seinem Leben. Endlich war die wohlverdiente Strafe für seine Verbrechen vollzogen.

Bei dem Triumph sollen 3007 Pfund Gold, 5775 Pfund ungeprägtes Silber*), 287,000 Drachmen in Münze **) aufgeführt worden sein.

---

*) Diese beiden Posten zusammen betrugen gegen 1½ Millionen Gulden.
**) Gegen 125,000 Gulden.

Nach dem Einzug versammelte Marius den Senat im Capitolium. Er selbst erschien in seinem Triumphkleide, entweder weil er nicht daran dachte, oder weil er von seinem Glücke einen etwas ungeschliffenen Gebrauch zu machen suchte. Der Senat war hierüber sehr entrüstet, weßhalb Marius alsbald aufstand, seine toga praetexta anzog und alsdann in veränderter Tracht zurückkam.

Cap. 13.

Bei dem Feldzuge suchte er vor Allem seine Armee abzuhärten, indem er sie schon unterwegs durch mancherlei Uebungen im Laufen, sowie durch große Märsche, tüchtig exercirte. Auch mußte durchaus jeder Soldat seine Bagage selbst tragen und ebenso sein Essen mit eigener Hand zubereiten. Daher kam es, daß man noch späterhin alle fleißigen Leute, welche das Anbefohlene still und ruhig ausrichteten, sprüchwörtlich „Marianische Maulesel" nannte.

Uebrigens glauben Manche die Veranlassung zu diesem Ausdruck anderswo zu finden. Scipio wünschte einmal bei der Belagerung von Numantia nicht nur die Waffen und Pferde, sondern auch die Saumthiere und Wagen zu besichtigen, um zu wissen, wie jeder Einzelne seine Thiere eingeübt und Alles im nöthigen Stande gehalten hätte. Da habe ihm Marius ein von ihm selbst vortrefflich gehaltenes Pferd und ebenso einen Maulesel vorgeführt, der sich durch sein gutes Aussehen, sein sanftes Wesen und seine Stärke weit vor allen andern auszeichnete. Weil nun der Oberbefehlshaber an diesen Thieren des Marius eine große Freude hatte und derselben oftmals erwähnte, so bezeichne man von dorther in einem ironischen Lobe jeden unermüdlichen, geduldigen, arbeitslustigen Menschen mit dem Beinamen eines „Marianischen Maulesels *)".

---

*) Nach anderen Nachrichten kam dieser Name daher, daß die Soldaten des Marius ihr Geräthe mittelst einer Art von Gabeln auf den Schultern tragen mußten.

Cap. 14.

Indessen hatte nun Marius, wie es scheint, ein bedeutendes Glück, sofern der andringende Wogenschwall der Barbaren wieder eine rückgängige Bewegung machte und sich zuerst über Spanien ergoß.

Hiedurch bekam er Zeit, theils die physischen Kräfte seiner Mannschaften zu üben, theils ihren Geist wieder zu kräftigem Muthe zu erheben und — was das Wichtigste war — ihnen selbst nach seiner Eigenthümlichkeit näher bekannt zu werden. Denn sein im Anfang so finster aussehendes Wesen, seine unerbittliche Strenge im Strafen erschien ihnen, sobald sie sich einmal alle Vergehungen und Subordinationsfehler abgewöhnt hatten, nicht nur gerecht, sondern auch im höchsten Maaße heilsam. Die Heftigkeit seines Zorns, der rauhe Ton seiner Stimme, der wilde Blick seines Auges war gleichfalls durch die tägliche Gewohnheit gar bald nicht mehr ihnen selbst, sondern nur noch, wie sie glaubten, dem Feinde ein Gegenstand des Schreckens. Am meisten aber gefiel den Soldaten seine Unparteilichkeit als Richter, wovon man unter Anderem folgendes Beispiel erzählt:

Sein Schwestersohn, Cajus Lusius, machte als Offizier den Feldzug mit. Er galt im Ganzen für keinen üblen Mann; nur konnte er den Reizen eines schönen Jünglings nicht widerstehen. So verliebte er sich einmal in einen jungen Menschen aus seiner Abtheilung, Namens Trebonius. Er machte vielfache Versuche, ihn zu gewinnen, aber ohne Erfolg. Endlich schickte er Nachts einen Bedienten ab und ließ den Trebonius kommen. Der junge Soldat kam nun zwar, denn ein Widerspruch gegen erhaltenen Befehl ging nicht wohl an. Er wurde in's Zelt hineingeführt; als aber dort Lusius Miene machte, ihm Gewalt anzuthun, so zog er das Schwert und stach ihn nieder. Dieß geschah, als gerade Marius abwesend war; nach seiner Rückkehr stellte er den Trebonius vor ein Kriegsgericht. Während nun Viele gegen — und Niemand für den Letzteren sprach, trat dieser selbst mit beherztem Muthe auf, erzählte umständlich den ganzen Vorfall und stellte Zeugen: „daß er sich bei vielfachen Versuchungen des Lusius stets geweigert, und ungeachtet sehr bedeutender Anerbietungen sich dennoch um keinen Preis ihm hingegeben habe." Und siehe da, — voll Bewunderung und Freude ließ Marius den altrömischen „Heldenkranz" herbeibringen und setzte ihn dem Trebonius eigenhändig auf das Haupt; „weil er eine ruhmvolle That gethan hätte in einer Zeit, die eines edlen Beispiels so bedürftig sei!"

Dieses Verfahren trug, als man in Rom davon hörte, ganz wesentlich dazu bei, dem Marius sein drittes Consulat zu verschaffen. Und da man zugleich in der guten Jahreszeit auch die Barbaren erwartete, so wollte man unter keinem andern Feldherrn den gefährlichen Kampf mit ihnen wagen. Indessen kamen sie keineswegs so schnell, wie man vermuthet hatte, sondern abermals verstrich für Marius die Zeit seines Consulats. Die Wahlen standen bevor und sein College war gestorben. Somit ließ er zum Kommando der Truppen den Manius Aquilius zurück, während er selbst sich nach Rom begab. Zwar traten nun viele wackere Männer damals als Bewerber um das Consulat auf; aber Lucius Saturninus, ein Tribun, der die Massen am meisten am Gängelband hatte und von Marius durch Artigkeiten gewonnen war, forderte das Volk in seinen Reden auf, nur ihn zum Consul zu wählen. Als Marius spröde that und erklärte: „daß er sich dieses Amt verbitte, weil er's nicht brauche!" so nannte ihn Saturninus gar noch einen Verräther des Vaterlandes, wenn er bei einer so großen Gefahr den Oberbefehl nicht annehmen wolle!

Nun sah man zwar deutlich, daß dieß Alles nur eine — sehr ungeschickt durchgeführte — Maskerade und Verstellung im Interesse des Marius war. Aber ebensogut sah das Volk auch ein, wie sehr der gegenwärtige Augenblick die Kraft und das Glück eines Marius brauchen könne. Man beschloß demnach für ihn das vierte Consulat und gab ihm einen Collegen in der Person des Luctatius Catulus, eines Mannes, der bei der Aristokratie in hohem Ansehen stand, ohne bei den untern Schichten unbeliebt zu sein.

Cap. 15.

Sobald Marius von der Nähe des Feindes erfuhr, rückte er in aller Schnelligkeit über die Alpen. Er schlug am Rhodanus ein verschanztes Lager auf, und häufte daselbst eine Masse von Vorräthen an, um niemals ohne Wahrscheinlichkeit eines günstigen Erfolgs durch den bloßen Mangel der nöthigen Bedürfnisse zum Schlagen gezwungen zu sein.

Der Transport dessen, was er für seine Armee brauchte, war früher auf dem Seewege lang und kostspielig gewesen; Marius machte ihn leicht und schnell. Die Mündungen des Rhodanus setzen nämlich an den Stellen, wo das Meer seine Fluthen staut, bedeutenden Schlamm und Sand an, der durch den Wogenschlag mit dem dichten Koth sich zu einer festen Masse vereinigt und dadurch die Einfahrt für Getreideschiffe bisher beschwerlich, mühsam und langsam machte. Marius beorderte sein unbeschäftigtes Heer an diesen Punkt. Er ließ einen großen Kanal graben, leitete einen beträchtlichen Theil des Flusses dahin ab und führte ihn durch eine Krümmung an einen geeigneten Theil der Küste. Dieser Kanal besaß eine tiefe, selbst für große Schiffe fahrbare, ruhige und von keinem Sturme aufgeregte Ausmündung in's Meer. Noch heutzutage behauptet er den Namen, den er von seinem Erbauer empfangen hat*).

Die Barbaren hatten sich indessen in zwei Hälften getrennt. Die Cimbern bekamen die Aufgabe, durch Norikum**) von obenher gegen Catulus vorzurücken und hier den Durchmarsch zu erzwingen. Dagegen sollten die Teutonen und Ambronen durch Ligurien***) am Meere hin gegen Marius ziehen.

Bei den Cimbern gab es nun einen größeren Aufenthalt und Verzug. Die Teutonen und Ambronen†) dagegen brachen sogleich auf, marschirten durch das zwischenliegende Land und kamen jetzt zum Vorschein, — unermeßlich an Anzahl, gräßlich in ihrem Aussehen, — und dabei mit einem Geschrei und Gelärme, worin ihnen Niemand gleichkam. Sie nahmen einen großen Theil der Ebene in Beschlag, und als das Lager fertig war, forderten sie den Marius zur Schlacht heraus.

---

*) Dieser Rhonekanal hieß fossae Marianae und begann in der Gegend von Arles.
**) Norikum, die Landschaft zwischen Inn, Sau, Kahlenberg und Donau.
***) Ligurien, Küstenland ungefähr von Nizza bis Carrara.
†) Ambronen, nach Einigen Gallier aus der Gegend von Embrun, nach Andern aus der Schweiz, oder aus Bayern (wo ein Flüßchen Amber ist).

Cap. 16.

Allein er kümmerte sich um all' dieß nichts, behielt dagegen seine Soldaten hinter dem Walle beisammen, ließ Jeden scharf an, der den Recken zu spielen suchte, und wenn Einer in der Leidenschaft einen Ausfall oder eine Schlacht wagen wollte, so schalt er ihn geradezu einen Verräther des Vaterlandes. „Der Ehrgeiz gelte jetzt keineswegs Triumphen und Trophäen, sondern der Zweck bestehe lediglich in der Abwendung des Krieges, dieser großen drohenden Gewitterwolke, — in der Rettung Italiens."

Dieß sagte er den Offizieren der verschiedensten Rangstufen mehr im Einzelnen; dagegen stellte er die Soldaten abtheilungsweise auf den Wall und hieß sie hinausschauen. Dadurch gewöhnte er sein Heer, sich vor dem Aussehen der Feinde nicht mehr zu fürchten und ihre Stimme auszuhalten, welche durchaus fremdartig und thierisch war. Auch lernte man allmälig ihre Bewaffnung und Bewegungen kennen, und machte sich überhaupt mit der Zeit durch den wiederholten Anblick dieser schrecklichen Erscheinungen sozusagen handsam und geläufig in seinen Gedanken. Marius war überzeugt, daß die Neuheit einer an sich furchtbaren Sache noch Manches, das nicht vorhanden sei, lügnerisch hinzusetze, während durch die Gewohnheit auch das an sich Schreckliche alle betäubende Wirkung verliere.

Im vorliegenden Falle minderte zunächst der tägliche Anblick die Verblüfftheit immer mehr. Aber es stellte sich, gegenüber von den Drohungen der Barbaren und ihrer unerträglichen Prahlerei, auch der Zorn ein, der siedendheiß in den Seelen zu brennen anfing, weil die Feinde nicht bloß die ganze Umgegend auf das Entsetzlichste verheerten und ausplünderten, sondern auch mit großer Unverschämtheit und Frechheit auf das Lager selbst Anfälle machten.

Die Folge war, daß mancherlei Stimmen und unwillige Aeußerungen der Soldaten an Marius gelangten. „Wo — sagten sie — wo hat Marius eine Feigheit an uns bemerkt, daß er uns, wie Weiber, hinter Schloß und Riegel vom Kampfe zurückhält? Wohlan, im Geiste freier Männer wollen wir fragen: ob er auf andere Leute wartet zum Kampfe für Italien, und ob er uns durchweg nur als

Taglöhner brauchen will, wenn man Gräben ziehen muß, Koth ausfegen und Flüsse ableiten? Für solche Sachen, scheint es, übte er uns durch die vielen Strapazen! Das sind die Thaten seiner Consulate, nach denen er jetzt in's Bürgerthum zurücktritt! Oder schreckt ihn das Schicksal eines Carbo, eines Cäpio, welche dem Feinde unterlagen? Sie unterlagen nur, weil sie selbst den Ruhm und die Tapferkeit eines Marius von Ferne nicht besaßen, und dazu ein weit geringeres Heer zu führen hatten. Aber — wenn man nur handeln darf, dann ist selbst ein Unfall, wie der ihrige, besser, als hinzusitzen und die Plünderung seiner Verbündeten mitanzusehen!"

Cap. 17.

Als Marius dieß hörte, freute er sich und suchte die Soldaten durch die Erklärung zu beruhigen, daß er keineswegs ein Mißtrauen in sie setze, sondern nur in Folge einiger Weissagungen für den Sieg zugleich den rechten Augenblick und den günstigen Ort abwarte.

Es war nämlich eine Frau aus Syrien da, Namens Martha, die angeblich weissagen konnte und von Marius auf feierliche Weise überall in einer Sänfte mitgeführt wurde. So ließ er auch öfters auf ihren Befehl Opfer veranstalten. Der Senat hatte sie früher abgewiesen, als sie zur Aeußerung über die vorliegenden Verhältnisse Zutritt begehrte und das Bevorstehende weissagen wollte. Nun besuchte sie aber die Frauen und legte hiebei entschiedene Proben ihrer Kunst ab. Namentlich gab sie einmal der Gemahlin des Marius, zu deren Füßen sie saß, ganz richtig denjenigen Gladiator zum voraus an, welcher den Sieg davontragen würde. So wurde sie von derselben doch zu Marius in's Lager geschickt und daselbst höchlich bewundert. Meistens ließ sie sich in einer Sänfte tragen; zu den Opfern ging sie jedoch zu Fuß, in einem doppelt umgeschlagenen Purpurkleide mit Spangen, — eine Lanze, woran Binden und Kränze befestigt waren, in der Hand.

Dieses Drama erregte nun vielfach Zweifel darüber, ob Marius aus wirklicher Ueberzeugung oder nur aus Verstellung und Theilnahme an der Komödie jene Person der Oeffentlichkeit vorführe?

Dagegen verdient die Geschichte mit den Geiern, welche Alexander aus Myndus*) berichtet, wirkliche Verwunderung. Es erschienen nämlich deren immer zwei vor jedem glücklichen Gefechte während des Marsches und flogen dann mit. Man kannte sie an ehernen Ringen um den Hals. Letztere hatten ihnen die Soldaten angesteckt, von denen sie einmal gefangen und dann wieder fortgelassen wurden. Seitdem kannten sie auch die Soldaten und begrüßten sie. Wenn sich nun beim Ausrücken die Geier zeigten, so freute man sich und hoffte auf ein glückliches Ereigniß.

Unter vielen anderen Vorzeichen, die sich einstellten, hatten die meisten einen allgemeinen Charakter. Dagegen wurde aus zwei Städten Italiens, Ameria und Tudertum**), gemeldet, daß man daselbst Nachts am Himmel feurige Lanzen und Schilde gesehen habe, welche sich zuerst hin und her bewegten, sodann miteinander zusammenstießen, auch Stellungen und Bewegungen annahmen, wie dieß nur bei einem Kampfe der Fall ist; zuletzt war es, wie wenn der eine Theil nachgäbe, der andere vordränge, bis endlich Alles im Westen verschwand.

Ungefähr um dieselbe Zeit kam auch der Priester „der großen Mutter", Batakes aus Pessinus***) und berichtete, daß die Göttin aus dem innersten Heiligthum zu ihm gesprochen und ihm geoffenbart habe: „der Sieg in der Schlacht, wie im ganzen Kriege, gehöre den Römern!" Der Senat glaubte ihm und beschloß der Göttin einen Siegestempel zu errichten.

Batakes selbst trat in der Volksversammlung auf und beabsichtigte das Gleiche zu erzählen, als ihm der Volkstribun Aulus Pompejus nicht nur dieß verbot, sondern ihn sogar einen Betrüger schalt und in der übermüthigsten Weise von der Rednerbühne herunterjagte. Aber dieß war es nun eben hauptsächlich, was den Worten jenes Mannes Glauben verschaffte. Denn Aulus war nach Auflösung der Volksversammlung noch nicht einmal in seine Wohnung

---

*) Myndus, dorische Stadt in Carien. Alexander unbekannt.
**) Beide Städte in Umbrien, jetzt Amelia und Todi.
***) Pessinus, in Großphrygien am Berge Dindymus, wo Cybele, die Mutter der Götter, verehrt wurde.

zurückgekommen und schon hatte ihn ein Fieber mit solcher Heftigkeit befallen, daß er, als Gegenstand der allgemeinen Aufmerksamkeit und des lautesten Stadtgesprächs, binnen sieben Tagen daran starb.

Cap. 18.

Die Teutonen wagten hierauf bei der Ruhe, worin Marius verharrte, einen Angriff auf das Lager. Allein sie stießen auf einen Hagel von Geschossen, die von dem Wall herunterflogen. Nachdem sie also Etliche von den Ihrigen verloren hatten, beschlossen sie weiter vorzurücken.

Für den Alpenübergang befürchteten sie nicht das Geringste. Sie packten daher zusammen und zogen am römischen Lager vorüber. Jetzt erst zeigte sich ihre ganze, ungeheure Menge an der Länge und Zeitdauer des Vorbeimarsches. Nicht weniger als sechs Tage soll der ununterbrochene Zug an Marius' Schanzen vorüber gedauert haben. Sie kamen dabei so nahe, daß sie die Römer mit hellem Gelächter fragen konnten: „ob es nichts an ihre Frauen auszurichten gebe? Sie würden bald bei ihnen sein!"

Als die Feinde vorüber und vorwärts gezogen waren, brach Marius gleichfalls auf und folgte ihnen fast auf dem Fuße. Wenn er sich niederließ, so geschah dieß immer in unmittelbarer Nähe und hart an ihrer Seite. Doch mußte das Lager stets befestigt sein; auch wählte er zu seinem Schutze nur die stärksten Stellungen, um keinen Angriff bei Nacht fürchten zu müssen.

So rückten sie denn Beide vor, bis sie in die Gegend von Aquä Sextiä*) gelangten, wo die Entfernung von den Alpen nur noch unbedeutend war. Deßhalb schickte sich nun auch Marius zu einem Kampfe in dieser Gegend an. Er wählte für sein Lager einen Punkt, der zwar fest, aber etwas wasserarm war, weil er beabsichtigte, wie man angibt, auch hiedurch seine Soldaten noch mehr aufzustacheln.

Als dieselben vielfach ihre Unzufriedenheit äußerten und von dem drohenden Durste sprachen, zeigte er ihnen mit der Hand auf

---

*) Aquä Sextiä, jetzt Aix, nicht weit von Marseille, mit warmen Quellen, von Cajus Sextius erbaut.

einen Fluß, der in der Nähe der feindlichen Schanzen vorüberfloß. „Dort — sagte er — dort könnten sie etwas zum Trinken kaufen, aber — um Blut!"

„„Nun denn — riefen sie — warum führst du uns nicht augenblicklich gegen den Feind, solang das Blut in unsern Adern noch flüssig ist?""

Ganz ruhig erwiederte er alsdann: „vor allen Dingen müssen wir das Lager noch verstärken!"

Cap. 19.

Die Soldaten nun, obwohl höchst ärgerlich, gehorchten ihm dennoch. Aber die Masse der Dienerschaft, die weder für sich selbst noch für ihre Zugthiere Etwas zu trinken hatte, stieg schaarenweise zum Fluß hinab. Sie hatten theilweise Aexte oder Beile, zum Theil auch Schwerter und Lanzen neben ihren Krügen bei sich, um selbst mit kämpfender Hand sich Wasser zu erobern.

Diese wurden anfänglich nur von wenigen Feinden angegriffen; denn die meisten der Letzteren frühstückten gerade nach dem Bade, Andere badeten sich noch.

Jene Gegend besitzt nämlich eine Anzahl warmer Quellen, und theilweise wurden die Barbaren eben an der Quelle, da sie sich's wohl sein ließen und in ihrem Vergnügen, ihrer Verwunderung voll Lobes über den Platz waren, von den Römern überfallen. Auf das Geschrei lief eine größere Anzahl zusammen, so daß es dem Marius schwer fiel, seine Soldaten noch länger zurückzuhalten, welche um ihre Bedienten in Angst geriethen. Auch auf feindlicher Seite stürmte die tapferste Abtheilung, von welcher früher die Römer unter Manlius und Cäpio eine vollständige Niederlage erlitten hatten (sie hießen Ambronen und waren allein schon über dreißigtausend Mann stark), in größter Eile zu den Waffen.

Obwohl sie nun den Magen voll und durch den genossenen Wein mehr eine ausgelassene, lustige Stimmung hatten, so rannten sie dennoch keineswegs in ungeordneter oder toller Hast einher. So erhoben sie auch keineswegs nur ein verworrenes Kriegsgeschrei, sondern schlugen vielmehr im Takt an ihre Waffen, marschirten insgesammt in gleichem Schritt und riefen zugleich ihren Eigennamen: „Ambronen!" vielfach aus, sei es, daß sie dadurch sich selbst noch mehr ermuthigen, oder auch den Feind durch diese Aeußerung zum voraus in Schrecken versetzen wollten.

Unter den italienischen Truppen rückten zuerst die Ligurier gegen sie an. Wie diese das Geschrei hörten und den Sinn davon verstanden, so riefen sie ihnen entgegen: „das sei auch i h r eigener ursprünglicher Name!" Denn wirklich bezeichnen sich die Ligurier nach ihrer Abkunft mit dem gleichen Worte.

So begegnete sich denn von beiden Linien derselbe Ruf in der größten Stärke, bevor das Handgemenge begann. Und da die Heere beiderseits, Reihe um Reihe, dieses Geschrei gleichsam in die Wette erhoben und einander durch die Größe des Lärms zu überbieten suchten, so erhitzte und reizte das Geschrei die Gemüther noch mehr.

Nun zerriß aber der Fluß*) die Glieder der Ambronen. Denn sie konnten nach dem Uebersetzen sich nicht zeitig genug in Schlachtordnung aufstellen, sondern die Ersten wurden sogleich von den Liguriern im Sturmschritt angefallen und der Kampf, Mann gegen Mann, nahm seinen Anfang. Weil aber die Römer den Liguriern zu Hilfe eilten und von den Anhöhen herab auf die Barbaren losstürzten, so waren diese genöthigt, der Gewalt zu weichen. Die Meisten wurden ebendaselbst an dem Flusse aufeinander geworfen und zu Boden geschlagen, so daß der Strom sich mit Blut und Leichen füllte. Andere, welche nicht den Muth hatten, nochmals umzuwenden, wurden von den herübergekommenen Römern niedergemacht.

Dieß geschah bis an das Lager und ihre Wagen, wohin sie zu entkommen suchten. Hier aber rückten die Weiber mit Schwert und Beil heran, erhoben ein entsetzliches, herzhaftes Zetergeschrei und wehrten sich gegen die Flüchtlinge ebensogut, als gegen deren Verfolger. Die Einen galten ihnen als Verräther, die Anderen als Feinde. Sie warfen sich in's dichteste Gedränge der Kämpfenden, rissen mit der nackten Hand den Römern ihre Schilde herunter, packten das Schwert, ließen sich alle Wunden gefallen, ließen sich zusammenhauen, — bis in den Tod unbesieglich in ihrem wilden Muthe.

---

*) Dieser Fluß hieß Cänus, jetzt l'Arc.

So entwickelte sich also, den Berichten zu Folge, die Schlacht am Flusse mehr durch Zufall, als nach dem bestimmten Plane des Feldherrn.

Cap. 20.

Zwar hatten die Römer eine Masse von Ambronen niedergemacht; als sie sich jedoch zurückzogen und die Finsterniß einbrach, wurde die Armee keineswegs, wie sonst nach einem so bedeutenden Erfolge, von Sieges- und Jubelliedern empfangen. Es folgte kein Trinkgelage in den Zelten, keine freundlichen Begrüßungen beim Abendessen, ebensowenig, was nach einem glücklichen Gefechte das Allerangenehmste ist, ein ruhiger Schlaf; vielmehr war dieß die angstvollste und unruhigste Nacht, die sie jemals hinbrachten. Ihrem Lager fehlte Wall und Schanze noch gänzlich; dagegen blieben Hunderttausende von Barbaren übrig, die keine Niederlage erlitten hatten.

Unter diese mengten sich jetzt alle die entronnenen Ambronen. Und nun entstand die Nacht durch ein Klaggeschrei, das nicht mehr dem Jammern und Seufzen von Menschenstimmen glich, sondern mehr wie ein Geheul und Brüllen von allerhand wilden Thieren sich anhörte. Dazwischen hinein kamen Drohungen und Schmerzgeschrei; — und das Alles erhob sich von einer solchen Masse, daß die Berge der Umgegend und das ganze Flußthal davon widerhallte.

So herrschte denn ein schauerlicher Lärm auf der ganzen Ebene. Die Römer standen in der größten Angst und Marius selbst war betroffen, weil er einen ungeordneten und verworrenen Kampf während der Nacht erwartete. Indessen näherten sich die Feinde weder in der Nacht, noch am folgenden Tage, sondern beschäftigten sich immer nur mit Aufstellungen und Vorbereitungen.

Da sich nun über dem Haupte der Barbaren abhängige Berghöhen mit dichtbewaldeten Schluchten befanden, so schickte Marius indessen den Claudius Marcellus nebst dreitausend Mann dorthin ab, mit dem Befehle, sich heimlich in den Hinterhalt zu legen und während des Kampfes plötzlich im Rücken der Feinde zu erscheinen. Das übrige Heer ließ er zur gewohnten Zeit sein Abendessen einnehmen und zur Ruhe gehen; aber mit Tagesanbruch mußten die Truppen aus dem Lager rücken und Stellung nehmen, wobei Marius die Reiter in die Ebene vorausjandte.

Kaum hatten dieß die Teutonen gesehen, so konnten sie den Gedanken nicht ertragen, daß die Römer heruntergekommen und mit ihnen den Kampf auf der Ebene ausfechten wollten! Sie griffen also mit aller Schnelligkeit und Wuth zu den Waffen und stürmten den Hügel hinauf.

Marius dagegen schickte seine Offiziere nach allen Richtungen aus und ließ die Truppen auffordern: „nur ganz ruhig stehen zu bleiben; wenn sodann die Feinde in hinreichende Nähe gekommen wären, dann sollte man zuerst die Wurfspeere abwerfen, hierauf das Schwert brauchen und ihnen mit dem Schild einen gewaltsamen Gegendruck geben; denn da die Oertlichkeit für sie kein festes Auftreten gestatte, so werden ebensowenig ihre Hiebe einen Nachdruck, als ihre geschlossene Linie irgend eine Festigkeit haben, weil sie sich wegen der Unebenheit des Bodens stets wenden und drehen müßten."

Indessen beschränkte sich Marius nicht auf Ermahnungen; er war zugleich der Erste, den man sie ausführen sah. Denn körperlich war er besser eingeübt, als irgend ein Anderer, und an Kühnheit stand er ohnehin Allen bei weitem voran.

Cap. 21.

Wie demnach die Römer ein Standhalten und Zusammentreffen wagten und den Angriff der Feinde auf die Höhe aushielten, so wurden Letztere allmälig sogar zurückgedrängt und mußten sich wieder in die Ebene ziehen.

Während nun die Vordersten sich auf dem flachen Terrain bereits wieder in Ordnung aufzustellen suchten, entstand ein Geschrei bei den Hintersten, wo Alles auseinander ging. Der richtige Augenblick war dem Marcellus nicht entgangen. Als das laute Schreien über den Hügel herüberdrang, ließ er seine Mannschaft sich erheben, machte im Sturmschritt und mit lautem Hurrah*) einen Angriff im Rücken

---

*) Man verzeihe diesen Ausdruck; die Römer riefen wohl ebensowenig das griechische „Alala!"

des Feindes und begann ein Blutbad unter den Letzten. Diese zogen, was vor ihnen stand, in den Strudel hinein und erfüllten in Kurzem das ganze Heer mit wilder Verwirrung, so daß der Feind das Einhauen von zwei Seiten nicht lange aushielt, sondern seine Schlachtordnung auflöste und floh. Die Römer verfolgten. Ueber Hunderttausend wurden von ihnen theils lebendig gefangen, theils zu Boden gestreckt *).

Zelte, Wagen und sonstige Gegenstände, welche sie eroberten, — das Alles sollte, soweit es nicht heimlich weggeschafft war, nach einem Beschlusse, den sie faßten, — Marius bekommen. Aber so überaus glänzend dieses Geschenk auch sein mochte, dennoch galt es bei der Größe der vorhandenen Gefahr immer noch nicht für eine würdige Belohnung seiner Feldherrndienste.

Andere Schriftsteller stimmen in Bezug auf die Schenkung der Beute nicht mit dieser Nachricht überein, und ebensowenig hinsichtlich der Menge der Gefallenen. Doch erzählen sie, daß die Leute von Massilia mit den Knochen ihre Weinberge umzäunt hätten und daß der Boden, als die Leichname darin verwesten und die Regengüsse während des Winters darauf fielen, vortrefflich gedüngt und bis in die Tiefe hinab von dem eingedrungenen Fäulnißstoffe gesättigt gewesen sei. Es sei daher in den betreffenden Jahreszeiten eine ganz außerordentliche Masse von Früchten gewachsen; auch habe sich die Behauptung des Archilochus **) bestätigt, wonach derartige Gegenstände ein Dungmittel abgeben.

Meistentheils sollen bei großen Schlachten auch ungewöhnlich starke Regengüsse erfolgen, sei es nun, daß irgend ein höheres Wesen die Erde durch reine Wasserströme des Himmels wieder reinigen und abwaschen will, oder auch, daß das Blut und die Fäulniß eine feuchte, schwere Ausdünstung emporsteigen läßt. Letztere würde dann die Luft verdichten, welche ohnehin so wandelbar ist und leicht Veränderungen zuläßt, die bei dem kleinsten Anlasse den höchsten Grad erreichen.

---

*) Nach Livius war die Anzahl der Todten noch einmal so groß und die Gefangenen 90,000 Mann.
**) Archilochus, ein alter Dichter aus Paros.

Cap. 22.

Nach der Schlacht ließ Marius unter den feindlichen Waffen und Beutestücken alles Ausgezeichnete, alles vollständig Erhaltene, Alles, was dem Triumph ein pompöses Aussehen zu geben vermochte, aussuchen. Von dem Andern ließ er die ganze Masse auf einen großen Scheiterhaufen zusammenbeugen und brachte sodann ein großartiges Opfer dar. Das Heer stand dabei unter den Waffen, mit Kränzen auf dem Haupt.

Marius selbst hatte sich nach herkömmlicher Sitte gegürtet und die purpurverbrämte Toga angelegt. Jetzt nahm er eine brennende Fackel, hob sie mit beiden Händen gen Himmel und stand im Begriffe, den Scheiterhaufen damit in Brand zu stecken, als man plötzlich einige Freunde zu Pferd gegen ihn heranjagen sah. Tiefes Stillschweigen; — Alles stand in gespannter Erwartung. In der Nähe angekommen, sprangen sie herunter und begrüßten Marius mit der freudigen Botschaft, daß er zum fünften Mal zum Consul ernannt sei*). Zugleich übergaben sie ihm darauf bezügliche Schreiben.

Groß war der Jubel, der hiedurch zu dem Siegesfeste noch hinzukam. Das ganze Heer erhob unter dem Klang und Klirren der Waffen ein lautes kriegerisches Freudengeschrei, die Offiziere bekränzten Marius nochmals mit Lorbeerzweigen und jetzt erst zündete er den Scheiterhaufen an, jetzt erst führte er das begonnene Opfer zu Ende.

Cap. 23.

Aber es gibt eine unbekannte Macht — welche bei keinem bedeutenden Glück eine reine und ungetrübte Freude dulden will, sondern durch die Mischung von Gut und Böse dem menschlichen Leben eine so bunte Färbung verleiht! Diese Macht — mag man sie Zufall oder waltende Gerechtigkeit oder nothwendige Natur der Dinge nennen — kurz, sie ließ wenige Tage später auch für Marius mitten im heitern Sonnenschein gleichsam eine Wetterwolke daherziehen. Es war eine

---

*) Sein College war M. Aquilius. Aber Catulus behielt als Proconsul den Oberbefehl über seine Heeresabtheilung.

Nachricht hinsichtlich seines Collegen Catulus, wodurch sich Rom abermals in neue Furcht, in neue Stürme versetzt sah.

Catulus war nämlich gegen die Cimbern aufgestellt; allein er gab es auf, die Pässe der Alpen zu hüten, um sich nicht durch die vielfache Vertheilung seiner Streitkräfte allzusehr zu schwächen. Dagegen zog er sich alsbald tiefer nach Italien hinab, nahm eine Stellung hinter dem Atisoflusse (Etsch) und deckte sich an den Uebergangspunkten beider Ufer durch starke Verschanzungen. Auch ließ er über die Furth eine Brücke schlagen, um der jenseitigen Besatzung zu Hilfe kommen zu können, wenn die Barbaren durch die Engpässe hindurch einen Angriff auf seine Schanzen unternehmen sollten.

Letztere zeigten ein solches Uebermaß von Hochmuth und Keckheit gegen ihre Feinde, daß sie, mehr um ihre Stärke und Beherztheit zu zeigen, als um irgend etwas Nothwendiges zu thun, sich sogar nackt einschneien ließen, nackt über Gletscher und tiefe Schneelager hinauf die höchsten Punkte erstiegen, droben ihre breiten Schilde sich unter den Leib setzten, sich dann los ließen und so über die steilsten Anhöhen herunterfuhren, wo man in die fürchterlichsten Abgründe ausgleiten und hinabstürzen konnte.

Jetzt schlugen sie ihr Lager ganz in der Nähe auf. Sie besichtigten die Furth und begannen hierauf, Boden aufzugraben und die benachbarten Hügel niederzureißen, wie die einstigen Giganten. Zugleich schleppten sie Bäume sammt der Wurzel, abgerissene Felsblöcke und Erdklumpen in den Fluß, dessen Strömung sie gewaltsam hinausdrängten. Auch ließen sie gegen die Unterbälken, worauf die Joche standen, gewaltige Massen losschwimmen, die sodann stromabwärts gezogen wurden und durch ihren Anprall die Brücke erschütterten.

Die meisten Soldaten verloren jetzt den Muth so sehr, daß sie das große Lager verließen und sich zurückziehen wollten. Hier zeigte sich nun Catulus als einen Mann, wie ein tüchtiger und vollkommener Befehlshaber sein muß, der seine eigene Ehre weniger hochhält, als die seiner Mitbürger. Da es ihm nicht gelang, seine Soldaten zum Standhalten zu bewegen, da er sie vielmehr ängstlich zusammenpacken sah, so gab er selbst Befehl, „den Adler zu heben*)", rannte eiligst

---

*) D. h. da der Adler das Hauptfeldzeichen war, s. v. a. aufzubrechen.

zu den vordersten Reihen der Abziehenden heran und stellte sich an ihre Spitze. Er wünschte, daß die Schande lieber auf ihn selbst falle, als auf das Vaterland; es sollte scheinen, daß sie nicht sowohl flöhen, als nur ihrem Feldherrn folgten, indem sie diesen Abzug veranstalteten.

Die Barbaren griffen nun die jenseits des Atiso gelegenen Verschanzungen an und eroberten sie. Doch hegten sie gegen die dortige römische Besatzung, welche sich äußerst tapfer gehalten hatte, eine hohe Bewunderung. Daher gewährten sie derselben durch eine Capitulation freien Abzug, und beschworen dieß bei dem „ehernen Stier*)", welcher späterhin erobert und nach der Schlacht, als Erstlingspreis des Sieges, in das Haus des Catulus gebracht worden sein soll. Jetzt aber fluthete ihr Strom über das hilflose Land, das sie völlig verwüsteten.

Cap. 24.

Unter diesen Umständen wurde Marius nach Rom berufen. Er erschien und Jedermann glaubte, er werde einen Triumph feiern. Auch hatte der Senat bereitwillig den Beschluß gefaßt. Marius lehnte es ab, entweder weil er seine Soldaten und Kampfgenossen der ersehnten Ehre nicht zu berauben wünschte, oder weil er bei der gegenwärtigen Lage das Volk ermuthigen wollte. Er vertraute den Ruhm seiner ersten glücklichen Erfolge der Stadt gleichsam als Pfand, um ihn bei dem zweiten Erfolge desto glänzender zurückzuempfangen.

Deßhalb hielt er nur eine den Umständen angemessene Rede, worauf er zu Catulus hinwegeilte, diesen gleichfalls ermuthigte und seine Truppen aus Gallien herbeirief.

Sobald diese angelangt waren, überschritt er den Eridanus (Po) und versuchte, die Barbaren von dem weiteren Eindringen in Italien abzuhalten. Die Feinde, welche immer behaupteten, die Teutonen abzuwarten und über ihr langes Ausbleiben sich zu verwundern, schoben deßhalb die Schlacht hinaus. Entweder wußten sie nichts von ihrem Untergang, oder wollten sie wenigstens den Schein haben, als glaubten sie nicht daran.

---

*) Vielleicht ihr Feldzeichen.

Daher mißhandelten sie die Ueberbringer dieser Nachricht auf's Fürchterlichste und verlangten auch von Marius, an den sie Abgesandte schickten, "für sich selbst und ihre Brüder Land und eine genügende Anzahl von Städten, um darin zu wohnen." Marius fragte die Gesandten näher nach ihren Brüdern, und sie nannten ihm — die Teutonen. Alle Andern lachten hellauf; Marius aber antwortete spöttisch: "laßt nur eure Brüder beruhen! Die haben ihr Land! Sie haben es bereits von uns bekommen und werden es auch behalten für ewig!"

Die Abgesandten, welche die Ironie wohl verstanden, brachen jetzt in Scheltworte aus und drohten Rache — von den Cimbern sogleich, von den Teutonen, sobald sie angekommen wären. "Sie sind ja hier," sagte Marius, "und es wäre grob von euch, wenn ihr fortginget, ohne eure Brüder begrüßt zu haben!"

Nach diesen Worten befahl er, die Könige der Teutonen*) gefesselt vorzuführen; denn sie waren bei ihrer Flucht von den Sequanern*) in den Alpen gefangen worden.

Cap. 25.

Als die Cimbern dieß erfuhren, rückten sie wieder von Neuem auf Marius heran, der seinerseits ruhig blieb und nur sein Lager deckte.

Wie man erzählt, war es nun für die nächstfolgende Schlacht zum ersten Mal, daß Marius die bekannte Neuerung mit den Wurfspießen vornahm. Derjenige Theil des Holzes nämlich, der in das Eisen hineinkommt, war früher mit zwei eisernen Nägeln festgemacht. Jetzt ließ Marius zwar den einen daran, wie bisher; dagegen nahm er den andern heraus und fügte dagegen einen hölzernen, leicht zerbrechlichen Nagel ein. Mit diesem Kunstgriff bezweckte er, daß der Wurfspieß, wenn er auf den Schild des Feindes traf, nicht in gerader

---

*) Ein König der Teutonen hieß Leutobuoch und zeichnete sich durch riesenmäßige Größe aus.

**) Sequaner, ein gallischer Stamm im südlichen Elsaß, der Franche-Comté und Burgund.

Richtung stecken blieb, sondern zunächst der hölzerne Nagel brach und dadurch eine Krümmung am Eisen entstand, so daß der Schaft durch die Verbiegung der Spitze festgehalten wurde und nachgeschleppt werden mußte.

Der Cimbernkönig Bojorich ritt nun mit kleinem Gefolge zu dem Lager heran und forderte Marius auf, Tag und Ort zu bestimmen und sodann zur entscheidenden Schlacht um das Land hervorzutreten. Hierauf erklärte ihm Marius: „daß die Römer noch niemals über die Schlacht einen guten Rath vom Feinde gebraucht hätten; demungeachtet wollten sie den Cimbern den Gefallen thun!" Sie setzten also, von dem laufenden an gerechnet, den dritten Tag fest, und als Wahlplatz die Ebene bei Vercellä *). Diese war für die Römer zu den Bewegungen der Reiterei geeignet, während sie dem anderen Theil die volle Entfaltung seiner Massen gestattete.

Beide warteten nun den festbestimmten Zeitpunkt ab; dann stellten sie sich in Schlachtordnung auf. Catulus hatte 20,300 Mann; die Truppen des Marius beliefen sich auf 32,000 Mann.

Letztere hatten den Catulus ganz in ihre Mitte genommen, indem sie auf beide Flügel vertheilt standen, wie Sulla **), der selbst diese Schlacht mitmachte, ausdrücklich berichtet hat. Nach seiner Angabe hoffte Marius, daß die beiden Schlachtlinien hauptsächlich mit ihren Spitzen und Flügeln zusammenstoßen würden. Demgemäß sollte der Sieg nur seinen eigenen Soldaten zu Theil werden; Catulus sollte an dem Kampfe gar keinen Antheil nehmen, überhaupt mit dem Feinde in gar keine Berührung kommen können, wenn die Centren, — wie dieß gewöhnlich bei einer ausgedehnten Fronte geschieht, — eine Vertiefung annehmen würden. Dieß sei der Grund von der obigen Vertheilung der Streitkräfte gewesen.

Aehnliche Gründe — berichtet man uns — habe auch Catulus ***) zu seiner Entschuldigung in dieser Sache vorgebracht und

---

*) Jetzt Vercelli in Piemont. Sonst heißt das Schlachtfeld auch die raudische Ebene.

**) Sulla schrieb Memoiren (Commentarios), die aber verloren gegangen sind.

***) Catulus verfaßte eine Geschichte seines Consulats und seiner Thaten, die Cicero an Eleganz und Schönheit mit Xenophon's Schriften vergleicht.

zugleich über eine große Böswilligkeit des Marius, ihm gegenüber, Klage geführt.

Auf Seite der Cimbern rückte nun das Fußvolk in aller Ruhe aus den Verschanzungen hervor und zwar in einer Tiefe, welche der Fronte gleichkam. Jede Seite der Aufstellung nahm einen Raum von dreißig Stadien*) ein. Die Reiterei betrug 15,000 Mann.

Diese sprengten in vollem Glanze daher. Sie trugen Helme, welche aussahen, wie der Rachen und die eigenthümlichen Gesichtsformen von wilden Thieren. Durch Büsche mit Fittigen wuchs der Helm noch mehr in die Höhe, so daß die ganze Figur größer erschien. Zudem trugen sie stattliche Panzer von Eisen und glänzend weiße Schilde. Als Wurfgeschoß hatte Jeder einen Speer mit zwei Hacken und im Handgemenge gebrauchten sie ein großes, wuchtiges Schwert.

Cap. 26.

Dießmal griffen sie die Römer nicht geradezu von vorne an, sondern machten eine Schwenkung gegen rechts und suchten sie allmälig dahin zu locken, um sie in die Mitte zwischen ihrem eigenen Corps und dem zur Linken aufgestellten Fußvolk hineinzuwerfen.

Die römischen Generale merkten diese List wohl, aber sie waren außer Stande, noch zu rechter Zeit ihre Soldaten zurückzuhalten. Kaum hatte ein Einziger gerufen, daß der Feind fliehe, als bereits Alle sich in Lauf setzten, um ihn zu verfolgen.

Indessen rückte das Fußvolk der Barbaren heran, wie ein unermeßliches Meer in unruhiger Bewegung. Da wusch sich Marius die Hände, hob sie gen Himmel und betete zu den Göttern, unter Angelobung einer Hekatombe. Ebenso betete auch Catulus mit erhobenen Händen und verhieß, dem „Glücke dieses Tages" einen Tempel zu erbauen**). Auch soll Marius nach der Tödtung des Opferthieres, als man ihm die Eingeweide vorzeigte, mit lauter Stimme gerufen haben: „mein ist der Sieg!"

---
*) Ungefähr ⅜ deutsche Meile.
**) Dieser Tempel der Fortuna hujus diei wurde nachher wirklich von ihm erbaut.

Bei dem gegenseitigen Anrücken widerfuhr ihm jedoch, wie von Sullanischer Seite berichtet wird, zur Strafe seines Benehmens eine große Unannehmlichkeit. Die Staubwolken erhoben sich begreiflicherweise in ungeheuren Massen, so daß die Armeen völlig unsichtbar wurden. Als nun Marius gleich Anfangs rasch zur Verfolgung anrückte, so verfehlte er mit all' seinen Truppen, die er an sich herangezogen hatte, den Feind gänzlich. Er kam an ihrer Linie vorüber und irrte lange Zeit auf der weiten Ebene umher.

Dagegen stießen die Barbaren ganz zufällig auf Catulus. Der Hauptkampf entspann sich also bei i h m und vorzugsweise bei s e i n e n Soldaten, unter welchen Sulla selbst auch gestanden zu sein behauptet.

Indessen kämpfte — nach seiner Erzählung — für die römische Seite auch die Hitze und die Sonne, welche den Cimbern in's Gesicht schien. Letztere waren sehr hart in Ertragung von heftiger Kälte; sie waren überhaupt in einem sonnenlosen und frostigen Klima aufgewachsen (wie schon oben erzählt wurde); dagegen die große Hitze warf sie jetzt völlig darnieder. Sie schwitzten am ganzen Leibe, konnten's fast nicht verschnaufen und mußten sich die Schilde vor's Gesicht halten, weil eben die Schlacht sich nach der Sonnenwende des Sommers ereignete (die für die Römer auf den dritten Tag vor Neumond des jetzigen Monats Augustus und damaligen Sextilis *) fällt).

Uebrigens trug zur Steigerung des Muthes auch der Staub wesentlich bei, der die Feinde versteckte. Man konnte ihre Menge nicht schon aus der Ferne sehen. Alle rannten eben auf diejenigen los, die vor ihnen standen, und waren dann im Handgemenge, ohne zuvor durch den Anblick eingeschüchtert worden zu sein.

Die Römer waren überhaupt körperlich so abgehärtet und an Strapazen so sehr gewöhnt, daß man keinen Mann bei ihnen schwitzen oder keuchen sah, obgleich der Zusammenstoß in einer erstickenden Schwüle und in vollem Laufe geschah. Catulus selbst soll dieß zur Ehre seiner Soldaten in seinem Berichte erzählen.

---

*) Sextilis, der „sechste" Monat, weil man in alten Zeiten den März als ersten Monat angenommen hat.

Cap. 27.

Der größte und tapferste Theil der Feinde wurde nun auf dem Wahlplatze zusammengehauen. Denn um das Zerreißen ihrer Schlachtlinie zu verhüten, hatten sich die Kämpfer der ersten Linie durch große Ketten, die an den Gürteln befestigt waren, miteinander zusammengebunden.

Die Fliehenden trieb man in ihr Lager, wo man Auftritte von höchst tragischer Art zu sehen bekam. Die Frauen standen in schwarzem Gewande auf den Wagen und tödteten die Flüchtlinge, gleichviel, ob es Mann, Bruder oder Vater war. Ihre unmündigen Kinder erwürgten sie mit den Händen und warfen sie unter die Räder oder die Hufen der Lastthiere, worauf sie sich selbst den Tod gaben. Eine fand man sogar, wie die Sage geht, oben an der Deichsel aufgehängt, während ihre Kinder zugleich an den Knöcheln der Mutter mit Stricken aufgeknüpft waren und so auf beiden Seiten herunterhingen. Die Männer dagegen banden sich, in Ermangelung von Bäumen, mit dem Halse an die Hörner und Füße der Ochsen; sie stachelten dann die Ochsen, und wenn diese nun davonrannten, so wurden sie zu Tode geschleift oder getreten.

Indessen, so Viele auch auf diese Weise umkamen, so wurden dennoch über sechzigtausend Gefangene gemacht; der Gefallenen sollen es zweimal so viele gewesen sein *).

Die Gegenstände von Werth wurden jetzt durch Marius' Soldaten geplündert, wogegen die erbeuteten Waffen, Feldzeichen und Trompeten in das Lager des Catulus gebracht worden sein sollen. Diesen Umstand — erzählt man — habe Catulus auch ganz besonders als Beweisgrund dafür gebraucht, daß der Sieg auf seiner Seite erfochten worden sei.

Indessen brach hierüber, wie es scheint, auch unter den Soldaten ein Streit aus. Man wählte daher einige gerade anwesende Abgesandte aus Parma gleichsam als Schiedsrichter. Sie wurden

---

*) Den römischen Verlust gibt Florus auf nicht ganz dreihundert Mann an, was an den berühmten Einen Mann der modernen Zeit erinnert.

von Catulus' Leuten durch die Reihen der feindlichen Leichname hindurchgeführt, wobei man ihnen zeigte, wie alle Leichen nur von ihren Wurfspießen durchbohrt seien. Letztere waren nämlich an einigen Buchstaben kenntlich, indem Catulus seinen Namen auf ihren Schaft hatte eingraben lassen.

Demungeachtet bewirkte sowohl der frühere Sieg, als der Vorrang in der Stellung *), daß man das ganze Verdienst dem Marius zuschrieb. Insbesondere war es die niedere Volksmasse, welche ihn den „dritten Gründer Roms **)" nannte. Man sah die Gefahr, welche durch ihn abgewendet wurde, für ebenso groß an, als einst die gallische gewesen war. Deßwegen stellte Jedermann in seinem Hause mit Weib und Kindern ein Freudenfest an, wobei man neben den Göttern auch dem Marius die Erstlinge der Speisen und des Weines als Opfer darbrachte.

Zugleich wurde der Wunsch ausgesprochen: er allein sollte beide Triumphe feiern. Indessen triumphirte er nicht auf diese Weise, sondern in Gemeinschaft mit Catulus, weil er sich bei diesen so ungemein glücklichen Erfolgen zugleich als einen bescheidenen Mann zu zeigen suchte. Ohne Zweifel fürchtete er sich auch vor den Soldaten, welche sich ganz in Positur setzten, sobald dem Catulus die verdiente Ehre entzogen würde, auch seinen Triumph nicht zuzugeben.

Cap. 28.

Damals bekleidete Marius sein fünftes Consulat. Hierauf strebte er nach dem sechsten in einer Weise, wie es Niemand nach dem ersten thut. Er suchte das Volk durch lauter Artigkeiten zu gewinnen und gab dem großen Haufen in Allem nach, um sich dessen Gunst zu erwerben. Und dieß geschah nicht nur im Widerspruche mit der Majestät und öffentlichen Würde dieses hohen Amtes, sondern auch im Widerspruch mit seiner eigenen Natur. Er wollte geschmeidig und populär sein, während er nicht im mindesten hiezu geschaffen war.

---

*) Weil Catulus nur Proconsul war.
**) Der erste war Romulus, der zweite Camillus, der Rom nach dem gallischen Brande rettete und wieder aufbaute.

Sein Ehrgeiz benahm ihm vielmehr, wie man erzählt, beim öffentlichen Handeln und bei den stürmischen Auftritten unter den Massen völlig den Muth. Seine Unerschrockenheit und Ruhe in der Schlacht verließ ihn stets in der Volksversammlung, wo ihn jedes Lob und jeder Tadel alsbald außer Fassung brachte. Allerdings sagt man auch: er habe einmal tausend Mann aus Camerinum *), die sich im Kriege durch ihre Tapferkeit ausgezeichnet hatten, insgesammt zugleich mit dem Bürgerrechte beschenkt und sodann, als man hierin eine Verletzung des Gesetzes erblicken wollte und einiger Tadel laut wurde, frischweg erklärt: „daß er bei dem Waffengeklirre das Gesetz nicht gehört habe!" Demungeachtet hatte er entschieden mehr Schrecken und Angst vor dem Geschrei in einer Volksversammlung. Während er in den Waffen eine Würde und Kraft besaß, die er seiner Tüchtigkeit verdankte, wurde ihm dagegen im politischen Wirken der erste Rang gänzlich abgeschnitten. Hier suchte er sich hinter das Wohlwollen und die Gunst der Massen zu flüchten, und um der Größte zu werden, opferte er den Ruhm: der Beste zu sein.

Somit stand er mit allen Aristokraten in offener Feindschaft. Am meisten aber fürchtete er den Metellus, der von ihm so undankbar behandelt worden und nach seiner ganzen Natur bei seiner wahrhaftigen Tugend ein erklärter Feind aller derjenigen war, die sich auf schnöde Weise vor dem Pöbel duckten und nach dessen Launen ihr Demagogenthum ausübten. Deßwegen faßte Marius den Plan, den genannten Mann aus der Stadt hinwegzuschaffen.

Zu Erreichung dieses Zweckes setzte er sich mit Glaucia und Saturninus **), — zwei frechen Menschen, welche den verarmten, spektakelsüchtigen Pöbel ganz in der Gewalt hatten, — in ein vertrautes Verhältniß und brachte durch ihre Vermittlung einige Gesetzesvorschläge ein. Ebenso reizte er auch seine Soldaten, die er bei

---

*) Camerinum, Stadt in Umbrien.
**) Cajus Servilius Glaucia, Prätor unter Marius' Consulat, war, nach Cicero's Urtheil, der nichtswürdigste Mensch, seit es Menschen gebe, wohl aber scharfsinnig und schlau. Von Lucius Apulejus Saturninus behauptet derselbe, daß er von allen Empörern nach den Gracchen der geschickteste Redner gewesen sei.

Volksversammlungen sich unter die Leute mischen ließ, um durch die Stärke seiner Partei den Metellus zu stürzen.

Nach der Angabe des Rutilius*), der sonst ein wahrheitsliebender und rechtschaffener Mann, freilich aber mit Marius persönlich verfeindet war, — nach dieser Angabe gelang es dem Marius nur durch verschwenderische Geldspenden an die Tribus, sein sechstes Consulat zu erlangen. Nur durch Geld erkaufte er auch den Durchfall des Metellus und die Wahl des Valerius Flaccus, an welchem er mehr einen gehorsamen Diener, als einen Collegen im Consulate bekam. Uebrigens hatte das Volk in früherer Zeit noch Niemand so viele Consulate übertragen mit alleiniger Ausnahme des Valerius Corvinus**). Doch verflossen bei dem Letztgenannten vom ersten bis zum letzten volle fünfundvierzig Jahre, während Marius nach dem ersten Consulate die fünf nächsten in ununterbrochener Folge seines Glückes durchlief.

Cap. 29.

Am meisten zog er sich bei dem letzten Consulate den allgemeinen Haß zu, und zwar durch die Verbrechen, die er in Gemeinschaft mit Saturninus und dessen Anhang beging. Darunter gehörte auch die Ermordung des Nonius, den Saturninus als Rivalen bei der Tribunatsbewerbung umbringen ließ.

In der Eigenschaft eines Tribunen brachte Saturninus sodann das Ackergesetz ein***), mit dem Zusatze: „der Senat solle erscheinen und zum voraus beschwören, daß er unwiderruflich bei Allem bleiben wolle, was das Volk beschließen würde, ohne in irgend einem Punkte sich diesen Beschlüssen zu widersetzen!"

---

*) P. Rutilius Rufus, Verfasser einer römischen Geschichte in griechischer Sprache.

**) Valerius Corvinus, oder Corvus, ein Held aus den Samnitenkriegen, erhielt sechs Consulate und im Ganzen (nach Plinius) einundzwanzigmal solche Stellen, die ihn zur sella curulis berechtigten.

***) Es handelte sich um die von den Cimbern in Oberitalien eroberten Ländereien, die ihnen Marius wieder abnahm, so daß sie jetzt nicht mehr den Einwohnern, sondern — den Römern gehörten.

Was nun diesen Theil des Antrags anbelangte, so stellte sich Marius im Senate, als wäre er entschieden dagegen. Er erklärte, den Eid verweigern zu wollen, wie er das Gleiche von jedem vernünftigen Menschen erwarte. Denn selbst wenn der Antrag nicht so heillos wäre: immerhin liege ein Uebermuth darin, daß der Senat derartige Zugeständnisse machen solle und zwar gezwungenermaßen, keineswegs aber aus überwiegenden Gründen oder mit freiem Willen.

Diese Aeußerungen waren indeß keineswegs ernstlich gemeint; er wollte nur dem Metellus eine Schlinge legen, woraus dieser nicht mehr entrinnen konnte. Ihm selbst galt das Lügen auch für einen Theil der Tugend und des Verstandes; deßwegen beabsichtigte er, sich späterhin an keine seiner im Senate gegebenen Erklärungen zu kehren.

Auf der andern Seite kannte er den Metellus als einen consequenten Mann, der mit Ueberzeugung (nach Pindars Ausdruck) „die Wahrheit für den Grund der höchsten Tugend" hielt. Wenn nun derselbe durch seine im Senat abgegebene Weigerung zum voraus gebunden war und den Eid abgelehnt hatte, so wollte er ihn in eine unversöhnliche Feindschaft mit dem Volke hineinwerfen. Und dieß geschah auch wirklich. Metellus erklärte: „er schwöre nicht!" worauf zunächst die Senatssitzung aufgehoben wurde.

Als wenige Tage darauf Saturninus die Mitglieder des Senats vor die Rostra berief und sie zur Ablegung des Eides nöthigen wollte, so trat Marius auf. Es entstand ein allgemeines Stillschweigen, indem Jedermann auf seine Worte gespannt war. Da erklärte er, daß er sich von all' den unbesonnenen Aeußerungen im Senate entschieden und ausdrücklich lossage. Ja, er fügte hinzu: „er trage keinen solchen Dickkopf herum, daß er bei einer Sache von solcher Tragweite ein für alle Mal sich zum voraus entscheiden könne; er werde vielmehr schwören und dem Gesetze gehorchen, — sofern es eben Gesetz sei!" Diesen schlauen Zusatz machte er noch, — gleichsam zum Deckmantel für seine Schande.

Das Volk war nun höchst erfreut und gab dieß, nachdem er geschworen hatte, durch Klatschen und lauten Zuruf zu erkennen. Dagegen herrschte bei den Vornehmen eine entsetzliche Niedergeschlagenheit und Erbitterung über den Umschlag des Marius. Aus Furcht vor dem Volke schworen jedoch Alle, bis die Reihe an Metellus kam.

Diesen flehten zwar seine Freunde auf's Dringendste an, gleichfalls zu schwören und sich nicht den entsetzlichsten Strafen auszusetzen, welche Saturninus gegen jeden Eidesverweigerer beantragte; allein Metellus wich keinen Schritt von seinem Entschlusse ab und schwor nicht. Er blieb vielmehr seinem Charakter treu und war bereit, das Aeußerste zu leiden, um nur nicht eine schmähliche Handlung begehen zu müssen. Somit entfernte er sich von dem Forum, indem er gegen Freunde in seiner Nähe äußerte: „etwas Böses zu thun, sei schlecht; Etwas zu thun, das zwar gut, aber mit keiner Gefahr verbunden sei, könne Jedermann; ein wackerer Mann zeige sich jedoch nur darin, wenn er auch mit G e f a h r das Gute thue!"

In Folge dieses Schrittes beantragte Saturninus, daß die Consuln ein Verbot erlassen sollten: „dem Metellus irgend Feuer, Wasser oder Obdach zu gewähren." Ja, der heilloseste Theil des Pöbels, der bei ihnen war, zeigte sich sogar bereit, den edlen Mann zu ermorden.

Dadurch kamen auch die Vornehmsten und Gutgesinnten in die höchste Aufregung. Sie schaarten sich rasch um Metellus, der jedoch um seiner Person willen keinen Parteikampf dulden wollte. Vielmehr entfernte er sich aus der Stadt mit einem sehr verständigen Urtheil, das er fällte. „Entweder (sagte er) wird die Sachlage wieder besser und das Volk ändert seine Gesinnungen: dann wird man mich zurückrufen und ich werde kommen; — oder die Sache bleibt sich gleich: dann ist es am besten, weit weg zu sein!"

Wie groß indessen die Beweise von Wohlwollen und Anerkennung waren, die Metellus während seiner Verbannung empfing, — wie er sich ferner während seines Aufenthalts in Rhodus mit philosophischen Studien beschäftigte u. dgl. wird passender in seiner eigenen Lebensbeschreibung erzählt werden *).

Cap. 30.

Zur Vergeltung für diesen Dienst sah sich Marius genöthigt, dem Saturninus, dessen Frechheit und Gewaltthätigkeit in's Maßlose

---

*) Diese Biographie ist vielleicht gar nie zur Ausführung gekommen.

ging, Alles zu übersehen. Er merkte es gar nicht, daß er hiemit ein unerträgliches Unheil geschaffen hatte, das, mit dem blutigen Schwert in der Hand, geradezu auf Tyrannei *) und Umsturz der Verfassung lossteuerte.

Indem er sich aber vor der Aristokratie schämte und vor dem Volke kroch, würdigte er sich zu einer im äußersten Grade gemeinen Handlung herab, — zu einem förmlichen „doppelten Spiel". Während nämlich die vornehmsten Männer bei Einbruch der Nacht zu ihm kamen und ihn zum Einschreiten gegen Saturninus aufforderten, ließ er den Letzteren zu einer anderen Thüre gleichfalls herein, ohne daß es Jene wußten. Sodann gab er bei beiden Theilen eine — Diarrhöe vor und lief unter diesem Vorwande im ganzen Hause hin und her, — bald zu Diesen, bald zu Jenen, um sie noch ärger und heftiger gegen einander aufzuhetzen!

Indessen standen Senat und Ritterschaft zusammen und äußerten laut ihren Unwillen **). Daher rückte Marius endlich mit Soldaten auf das Forum und jagte die Unruhestifter in das Capitolium, wo er sie durch Durst zur Uebergabe zwang. Er schnitt ihnen nämlich die Wasserleitungen ab, so daß sie am Widerstande verzweifelten, ihn herbeiriefen und sich ihm auf den im Namen der Republik versprochene Pardon übergaben.

In der That wandte er auch alle mögliche List an, um diese Männer zu retten, jedoch ohne Erfolg. Sie wurden auf ihrem Zuge nach dem Forum herunter ermordet. Hiedurch gerieth Marius mit

---

*) Saturninus soll wirklich die Absicht gehabt haben, sich zum Oberherrn von Rom zu machen; ja seine Anhänger sollen ihm bereits den Titel: „König" gegeben haben. Uebrigens ist „Tyrannis" von dem deutschen „Tyrannei" wohl zu unterscheiden und bezeichnet bei den Alten nur eine ungesetzlich erlangte, — zuweilen sogar gute — Alleinherrschaft.

**) Hier ist vielleicht eine Lücke in der Erzählung. Servilius Glaucia, der Spießgeselle des Saturninus, wollte Consul werden, und ließ daher seinen Mitbewerber Memmius geradezu mit Stöcken todtschlagen. Dadurch ward der Senat auf's Aeußerste erbost und Marius, der sich immer nach den Umständen richtete, trat auf die Seite des Senats. Saturninus, Glaucia und Consorten kamen dann in Folge der bewaffneten Einschreitung um, wobei jedoch die Einzelnheiten verschieden erzählt werden.

den vornehmen Familien und mit dem Volke in ein gleich schlimmes Verhältniß.

Daher trat er auch, als die nächste Censorenwahl vorgenommen werden sollte, wider Erwarten nicht als Bewerber auf, sondern ließ die Ernennung von anderen geringfügigen Personen zu, weil er einen Durchfall befürchtete. Außerdem kokettirte er selbst mit der Erklärung: „er wünsche nicht, sich mit so vielen Leuten zu verfeinden, wenn er ihre Lebensweise und ihren Charakter einer strengen Kritik unterwerfen müßte!"

Cap. 31.

Bald darauf wurde ein Antrag eingebracht, wonach Metellus aus der Verbannung zurückberufen werden sollte. Marius machte dagegen vielfache Versuche des Widerstands in Wort und That*). Alles umsonst; er mußte sie zuletzt aufgeben.

Das Volk nahm also den Vorschlag freudig an, worauf Marius, der sich nicht entschließen konnte, die Rückkehr des Metellus mitanzusehen, nach Kappadocien und Galatien absegelte.

Als Grund seiner Abreise nannte er die Opfer, welche er, einem Gelübde zu Folge, der „Mutter der Götter" darzubringen beabsichtigte. In der That hatte er bei seiner Entfernung noch eine weitere Absicht, wovon man unter dem Publikum nichts wußte.

Von Natur unfähig zum Frieden und der inneren Politik, dagegen groß geworden in den beständigen Kriegen, befürchtete er in Folge der Unthätigkeit und Ruhe eine allmälig eintretende Wiederabnahme seiner Macht und seines Ruhmes und suchte daher irgend einen Anlaß zu einer neuen Thätigkeit. Wenn es gelang, die dortigen Könige gegen einander aufzuhetzen**) und den Mithridates, von

---

*) Besonders durch den Volkstribun Furius, wogegen der Sohn des Metellus, der davon den Beinamen Pius erhielt, auf's Flehentlichste bei dem Volke Fürbitte für seinen Vater einlegte. Erst als Furius auf die Anklage seines Nachfolgers C. Canulejus vom Volke in Stücke gerissen worden war, erfolgte die Rückberufung.

**) Nikomedes von Bithynien und Mithridates von Pontus strebten Beide nach dem Besitze von Kappadocien, das durch die Ermordung des Ariarathes, welche Mithridates veranstaltet hatte, erledigt war. Letzterer hatte bereits das Land besetzt.

dem ein Angriff erwartet wurde, zur wirklichen Erhebung anzustacheln, so hoffte er, gegen denselben alsbald zum Feldherrn gewählt zu werden, um nicht nur für Rom eine Fülle neuer Triumphe, sondern auch für sein eigenes Haus eine ungeheure Beute aus Pontus und eine Masse königlicher Schätze zu erobern. Deßwegen ließ er sich auch durch alle Unterthänigkeiten und Ehrenerweisungen, welche Mithridates gegen ihn in Anwendung brachte, nicht im mindesten weich oder biegsam machen. Vielmehr erklärte er geradezu: „König, entweder versuch's einmal, deine Macht über die römische Macht zu erheben, oder — thue schweigend, was man dir befiehlt!"

Der König war betroffen; er hatte schon oft die römische Sprache gehört; diese freie Sprache eines Römers hörte er jetzt zum ersten Mal.

Cap. 32.

Nach Rom zurückgekehrt, baute sich Marius ein Haus in der Nähe des Forums, entweder — nach seiner eigenen Behauptung — weil er nicht wünschte, daß Leute, die ihm ihre Aufwartung machen wollten, durch einen langen Gang dabei belästigt würden, oder weil er hierin eine Ursache fand, warum sich an seinen Thüren nicht eine größere Anzahl von Menschen einfand, als an den Thüren anderer hochgestellter Personen.

Dieß war jedoch keineswegs der Grund. Er stand vielmehr in der Anmuth der Unterhaltung und in der Brauchbarkeit für bürgerliche Dinge allzuweit hinter Anderen zurück. Er galt gleichsam als ein Waffenstück für den Krieg und deßhalb vernachlässigte man ihn in Friedenszeiten.

Gegen die Andern hegte er nun immerhin einen geringeren Haß bei dieser Zurücksetzung; wohl aber kränkte es ihn aufs Tiefste, daß durch die Mißgunst der Vornehmen gegen seine Person Sulla immer mehr und mehr emporkam und seine Differenzen mit ihm zum Ausgangspunkt für seine politische Laufbahn machen konnte.

Jetzt kam noch dazu, daß der numidische König Bocchus, welcher den Titel eines römischen Bundesgenossen erhielt, auf dem Capitolium Victorienbilder mit den Sinnbildern des Sieges aufstellen ließ und daneben — in goldenen Abbildungen — den Jugurtha, wie er von ihm an — Sulla überliefert wird! Dieß machte den Marius ganz wahnsinnig vor Zorn und Eifersucht, weil seine eigenen Thaten, wie er glaubte, heimtückischerweise von Sulla beansprucht würden. Er machte daher Anstalten, um diese Weihgeschenke mit Gewalt wieder niederreißen zu lassen.

Die gleiche Eifersucht stellte ihm Sulla entgegen. Die innere Zwietracht stand daher ihrer öffentlichen Erscheinung vollkommen nahe und nur der sogenannte Bundesgenossenkrieg*), der urplötzlich gegen Rom losbrach, vermochte sie noch zurückzuhalten.

Denn die kampffähigsten und menschenreichsten Volksstämme Italiens hatten eine Coalition gegen Rom geschlossen, und es fehlte nur wenig zum völligen Sturze von Roms Oberhoheit. Sie waren stark nicht bloß durch ihre Waffen und Heere; auch die Kühnheit und Tüchtigkeit ihrer Feldherren zeigte sich bewunderungswürdig groß und — die Wage schwankte!

Cap. 33.

Dieser Krieg, der eine so bunte Reihe von Unglücksfällen herbeiführte und die mannigfaltigsten Wechsel des Schicksals darbot, raubte dem Marius ebensoviel an seinem bisherigen Ruhm und Einfluß, als er andererseits dem Sulla beilegte. Marius erschien in seinen Unternehmungen langsam und zeigte sich überall voll Bedenklichkeiten und Saumseligkeit. Vielleicht hatte das Alter in ihm die frühere Energie, das frühere Feuer gedämpft, indem er bereits das fünfundsechszigste Jahr überschritten hatte. Vielleicht lag auch — nach seiner eigenen Angabe — der Grund an einer nervösen Krankheit und demzufolge einer physischen Schwäche. Ein Feldzug ging nunmehr über seine Kräfte und nur sein Ehrgefühl ließ ihn solche Anstrengungen noch ertragen.

Demungeachtet siegte er auch jetzt noch in einer großen Schlacht,

---

*) Der Anlaß dieses gefährlichen Krieges lag in der Verweigerung des Bürgerrechts, das die Marser, Peligner, Samniter, Campanier, Lukanier und Andere durch ihre Tapferkeit, welche den Römern selbst zur Größe verhalf, wohl verdient zu haben glaubten.

in welcher sechstausend Feinde blieben; auch gab er den Gegnern nirgends eine Blöße. Selbst, als er mit Wall und Graben umschlossen wurde, blieb er ruhig; und als man ihn mit Spott überhäufte und immer herausforderte, beging er dennoch keinen unüberlegten Schritt.

Publius Silo *), der auf feindlicher Seite die größte Geltung und Macht besaß, sagte einmal zu ihm: „wenn du wirklich ein großer Feldherr bist, Marius, so komm herunter und wage den entscheidenden Kampf!" Aber Marius erwiederte: „es ist an dir! Wenn du ein großer Feldherr bist, so zwinge mich, diesen Kampf zu wagen, ohne daß ich will!"

Wieder ein anderes Mal hatten ihm die Feinde eine treffliche Gelegenheit zum Angriff gegeben; aber seinen Römern fehlte der Muth dazu und beide Theile zogen sich zurück. Da ließ Marius seine Soldaten in die Versammlung berufen und sprach: „ich weiß nicht, ob ich die Feinde für feiger erklären soll, oder e u ch! Sie vermochten nicht euren Rücken, ihr nicht ihren Nacken zu sehen!"

Zuletzt gab er die Führung des Oberkommando's auf, weil sein geschwächter Körper nicht mehr die nöthige Kraft besaß.

Cap. 34.

Bereits hatten die italienischen Angelegenheiten eine entscheidende Wendung genommen, und es bewarben sich daher in Rom viele Männer durch die Demagogen um den Mithridatischen Krieg.

Gegen die allgemeine Erwartung schlug der Tribun Sulpicius, eine höchst dreiste Persönlichkeit, den Marius vor und wollte ihn zum Proconsul mit dem Oberbefehl gegen Mithridates ernannt wissen **).

Darüber entstand eine Spaltung unter dem Volk, indem eine Partei sich auf Marius' Seite schlug, während die andere den Sulla berufen wollte und dem Marius den Rath gab, „nach Bajä ***) in's

---

*) Publius Silo, ein Marser, und Cajus Aponius Mutilo, ein Samniter, waren von den „Bundesgenossen" zu Consuln ihrer neuen Republik ernannt worden.

**) Dieß geschah wirklich, als bereits Luc. Cornel. Sulla und Q. Pomp. Rufus zu Consuln ernannt waren.

***) Bajä, Städtchen in Campanien, mit warmen Quellen, in reizender Lage, nicht weit von Misenum.

Bad zu gehen und sich curiren zu lassen, da er ja — nach seiner eigenen Angabe — durch Alter und Rheumatismen körperlich ganz unfähig geworden sei."

Marius besaß nämlich dort, in der Nähe von Misenum, ein kostbares Landhaus, das einen Luxus und überhaupt Einrichtungen enthielt, die viel zu weibisch waren, um irgend für einen Mann zu passen, welcher in so vielen Kriegen und Feldzügen selbstthätig gewesen war. Diese Villa soll Cornelia *) um 75,000 Drachmen **) angekauft haben; indessen verging nicht viele Zeit, — da erstand sie Lucius Lucullus um 2,500,000 Drachmen! Mit solcher Schnelligkeit waren die Preise in die Höhe gegangen; in so ungeheurem Maße hatte sich der Luxus im Allgemeinen gesteigert.

Indessen schüttelte Marius in ehrgeizigster, jugendlichster Weise gleichsam das Alter und seine Schwachheit ab. Er fand sich Tag für Tag auf dem Marsfeld ein, wo er mit den jungen Leuten gymnastische Uebungen trieb und zu zeigen suchte, wie sein Körper in Führung der Waffen noch so gewandt und auch im Reiten tüchtig sei, obgleich er in seinem Alter keineswegs einen schlanken Umfang zeigte, sondern allmälig zu einer fetten, schwerfälligen Fleischmasse aufgedunsen war.

Manchen gefiel nun diese Handlungsweise von ihm, und wenn sie selbst hinunterkamen, so sahen sie mit Staunen seinen Ehrgeiz und seinen Eifer, es Jedem gleich zu thun. Andererseits wandelte aber die edelsten Männer bei diesem Anblick ein gewisses Mitleiden über seine Unersättlichkeit und Eitelkeit an. Aus der Stellung eines armen, geringen Mannes war er zu einem ungeheuren Reichthum und zur höchsten Größe emporgestiegen; aber dennoch kannte er keine Gränzen für sein Glück. Alle Bewunderung, die er genoß, — ein ruhiger Genuß des Errungenen genügte ihm nicht. „Gerad' als ob ihm noch Alles fehlte, will er nach Kappadocien und an das schwarze

---

*) Cornelia, Mutter der Gracchen; Marius hatte wahrscheinlich die Villa nach ihrem Tode angekauft; später war sie im Besitz des Kaisers Tiberius, der dort starb.

**) 75,000 Drachmen stark 32,000 Gulden, die andere Summe beträgt über eine Million Gulden.

Meer aufbrechen, — will in seinen alten Tagen alle Ehren und Triumphe dahinten lassen, um mit Mithridates' Satrapen, einem Archelaus und Neoptolemus, nochmals einen entscheidenden Kampf zu bestehen!"

Hiegegen erschienen alle versuchten Rechtfertigungen des Marius durchaus albern; er behauptete, „seinen Sohn einüben zu wollen, indem er selbst persönlich an dem Feldzug sich betheilige!"

Cap. 35.

Wenn die Stadt schon seit langen Zeiten an einer geheimen Eiterbeule krank war, so brachten diese Verhältnisse nun die Beule zum Aufbruch. Denn Marius hatte zuletzt das tauglichste Werkzeug zum allgemeinen Verderben gefunden, — und zwar an der Keckheit des Sulpicius. Dieser Mann sprach sonst in allen Stücken sich voll Bewunderung gegen sein Vorbild Saturninus aus; jetzt aber warf er dessen politischen Schritten noch eine gewisse Zaghaftigkeit und Langsamkeit vor. Ihm selbst war diese Langsamkeit fremd. Er hatte sogar sechshundert Mann vom Ritterstande gleichsam als Trabantengarde um sich, und nannte sie den „Gegensenat!"

Als die Consuln eine Volksversammlung abhielten, überfiel er sie mit bewaffneter Hand*). Dem Einen, welcher sich vom Forum flüchtete, ließ er seinen Sohn, den er erwischte, niederhauen; Sulla, der in die Nähe von Marius' Wohnung verfolgt wurde, schlüpfte, — was wohl Niemand erwartet haben würde, — rasch in dieselbe hinein. Seine Verfolger jagten daran vorüber, ohne Etwas zu merken. Ja, er soll sodann von Marius selbst durch eine andere Thüre unangefochten hinausgelassen worden sein, so daß es ihm gelang, sich in's Lager zu flüchten. Doch leugnet Sulla in seinen Denkwürdigkeiten, daß er seine Zuflucht zu Marius genommen habe. Er will dahin gebracht worden sein, um sich über die Gegenstände zu berathen, deren Dekretur Sulpicius mit Gewalt von ihm zu erzwingen suchte; Letz-

---

*) Die Ursache war das von den Consuln angeordnete Justitium, d. h. der Stillstand aller Geschäfte, — damit die Vorschläge des Sulpicius nicht angenommen werden konnten.

terer habe ihn rings mit gezogenen Schwertern umstellt und zu Marius geschleppt, bis er endlich von dort aus sich auf das Forum begab und ihrem Verlangen zufolge den „Geschäftsstillstand" wieder aufhob.

Als dieß geschehen war, ließ Sulpicius, der jetzt alle Macht besaß, dem Marius durch die Volkswahl das Oberkommando zutheilen. Marius selbst beschäftigte sich alsbald mit den Vorbereitungen zur Abreise und schickte zwei Kriegstribunen voraus, um das Heer des Sulla zu übernehmen *).

Dagegen wiegelte Sulla seine Soldaten auf, deren es nicht weniger als fünfunddreißigtausend Schwerbewaffnete waren, und führte sie gegen Rom. Die Kriegstribunen, welche Marius abgeschickt hatte, wurden von den Soldaten angefallen und niedergemacht.

Aber auch Marius hatte in Rom viele von Sulla's Freunden ermorden lassen und versprach nun in öffentlichem Ausruf den Sklaven die Freiheit, unter der Bedingung ihrer Theilnahme am Kampfe. Doch sollen dadurch nicht mehr gewonnen worden sein, als — drei Mann!

Der Widerstand des Marius gegen Sulla's Eindringen konnte also nur gering sein; in Kurzem war er hinausgejagt und mußte fliehen. Da sich seine Begleiter, sobald er die Thore hinter sich hatte, nach allen Richtungen zerstreuten, so nahm er unter dem Schutze der Nacht seine Zuflucht in einen Pachthof, der ihm gehörte, — Solonium. Von hier sandte er seinen Sohn ab, um aus seines Schwiegervaters Mucius Landgütern, die sich in der Nähe befanden, das Nöthigste herbeizuholen.

Inzwischen begab er sich selbst an die Küste von Ostia, wo ihm ein Freund, Numerius, ein Fahrzeug verschafft hatte. Ohne die Rückkehr seines Sohnes abzuwarten, segelte er vielmehr in der bloßen Begleitung seines Stiefsohns Granius vom Dorf ab.

Als indessen der junge Mann auf die Güter des Mucius gekommen war, nahm er Etliches und packte ein. Aber der Tag überraschte ihn bei diesem Geschäfte und die Feinde hatten ein klein wenig Etwas gemerkt. Deßwegen kamen Reiter an den Ort herangesprengt,

---

*) Sulla stand bei Capua und wollte von dort aus nach Asien gegen Mithridates abgehen.

weil man eben Verdacht hegte. Der Gutsverwalter sah sie jedoch schon in der Ferne und versteckte den jungen Marius in einem Wagen, der mit Bohnen beladen war, spannte Ochsen an und fuhr den Reitern mit seinem Wagen geradezu entgegen, — in der Richtung nach der Stadt. Auf diese Weise wurde der jüngere Marius glücklich in die Wohnung seiner Gattin gebracht. Hier nahm er, was er brauchte, gelangte sodann Nachts an das Meer, bestieg ein Schiff, das nach Afrika bestimmt war, und segelte dahin ab.

Cap. 36.

Indessen wurde der ältere Marius nach seiner Abfahrt von einem günstigen Winde die Küste Italiens entlang geführt. Aber er fürchtete einen gewissen Geminius, der zu den einflußreichsten Personen in Terracina*) gehörte und sein Feind war. Deßwegen befahl er seinen Schiffern, sich von Terracina ferne zu halten. Diese wollten ihm nun zwar den Gefallen thun, aber der Wind schlug in einen Seewind um und machte die See dergestalt unruhig, daß die kleine Fähre gegen den Andrang der Wellen kaum noch widerstandsfähig schien. Auch Marius selbst befand sich durch einen heftigen Anfall von Seekrankheit sehr übel.

Nur mit Mühe gelang es ihnen, das Gestade von Circeji**) zu gewinnen. Der Sturm wuchs noch immer und die Nahrungsmittel gingen aus. Sie stiegen an's Land, — sie liefen herum, ganz ohne allen Zweck, wie es eben in großen Verlegenheiten zu geschehen pflegt, daß man nur immer der augenblicklichen Noth, die man sich als die mißlichste vorstellt, zu entfliehen sucht und seine Hoffnungen auf's Ungewisse setzt. Das Land war ihnen feindlich; — es war gefährlich auf Menschen zu stoßen, und nicht minder gefährlich, auf keine zu stoßen, wegen des Mangels an allem Nothwendigen.

Gleichwohl näherten sie sich noch am späten Abend einigen Hir-

---

*) Terracina, ehemals Anxur, im Volskerlande bei den pontinischen Sümpfen.
**) Circeji, jetzt Monte Circello, ein Vorgebirge mit einer Stadt gleiches Namens.

ten, welche ihnen zwar, trotz aller Bitten, nichts zu geben vermochten, aber doch dem Marius, den sie erkannt hatten, die schleunigste Entfernung anriethen. „Denn kurz zuvor habe man eben hier einen ganzen Schwarm Reiter vorüberjagen sehen, in der Absicht, ihn zu suchen!"

Jetzt war Marius in der äußersten Noth. Namentlich aber verloren seine Begleiter durch die Entbehrungen alle Kraft und allen Muth. Daher wandte er sich von der Straße ab, um sich in einen tiefen Wald zu werfen, wo er unter allerhand Mühseligkeiten die Nacht zubrachte.

Am folgenden Tage fühlte er sich durch den Hunger zum Aeußersten getrieben und wollte seine physische Kraft noch benützen, ehe sie völlig gebrochen war. Deßwegen begab er sich wieder an die Küste, sprach denen, die ihm folgten, Muth ein und bat sie, sich nicht aufzugeben, ehe die letzte Hoffnung erfüllt sei, für welche er, im Vertrauen auf alte Weissagungen, sein Leben aufspare. Denn als er noch ganz jung gewesen und auf dem Lande gelebt, da habe er einmal ein Adlersnest mit sieben Jungen, das herunterfiel, in seinem Kleide aufgefangen; seine Eltern, die es sahen und sich verwunderten, hätten sodann die Wahrsager gefragt und Letztere geantwortet: „er werde einst der berühmteste Mann auf der Welt werden und es sei ihm vom Schicksal bestimmt, siebenmal die höchste Macht und Gewalt zu erlangen!"

Dieß soll, nach der Angabe einiger Schriftsteller, dem Marius wirklich so begegnet sein; nach Anderen hätten es nur seine Leute damals und auf der weiteren Flucht aus Marius' eigenem Munde gehört, geglaubt und aufgezeichnet; übrigens gehöre die Sache völlig in's Reich der Fabeln. Ein Adler bekommt nämlich nie mehr, als zwei Junge, und auch Musäus*), sagen sie, habe sich getäuscht, wenn es bei ihm von dem Adler heiße, daß er —

„nur drei zeuget und zwei ausbrütet und eines ernähret!"

Daß übrigens Marius auf seiner Flucht und in Augenblicken der äußersten Noth sehr oft behauptete, noch sein siebentes Consulat erreichen zu müssen, ist eine allgemein anerkannte Sache.

---

*) Musäus, ein uralter Dichter, der noch vor Homer's Zeiten lebte.

Cap. 37.

Bereits waren sie von Minturnä*), einer italienischen Stadt, nur noch ungefähr zwanzig Stadien entfernt, als sie eine Turme**) Reiterei von Ferne auf sich zukommen und glücklicherweise auch zwei Frachtschiffe daherfahren sahen.

Soweit nun jeder Einzelne noch gut zu Fuße und bei Kräften war, liefen sie nach dem Meere hinab, stürzten sich hinein und schwammen den Schiffen zu. Granius mit seinen Leuten erreichte wirklich das eine Schiff, auf welchem er nach der gegenüberliegenden Insel, — sie heißt Aenaria***), — hinübersetzte. Den Marius selbst, der durch seinen Leibesumfang sehr schwerfällig und unbehilflich war, vermochten zwei Sklaven nur mit Mühe und Anstrengung über dem Wasser zu erhalten und endlich in das andere Schiff abzusetzen.

Aber bereits standen auch die Reiter da und geboten den Schiffern vom Lande aus, wieder an's Ufer zu stoßen oder auch den Marius in's Meer zu werfen und dann hinzufahren, wohin sie wollten. Marius flehte mit Thränen um Erbarmen und die Besitzer des Frachtschiffs machten jetzt für die kurze Zeit nach beiden Seiten hin eine Menge von Wechseln in ihren Entschließungen durch. Doch erklärten sie zuletzt den Reitern, daß sie den Marius nicht preisgeben würden.

Als diese nun in Wuth davonsprengten, wurden die Schiffer wieder anderer Gesinnungen und fuhren an's Land. An den Mündungen des Liris, der sich hier in ein Sumpfland ausbreitet, warfen sie die Anker aus und forderten Marius auf, das Schiff zu verlassen, am Lande Nahrung zu sich zu nehmen und seinen heruntergekommenen Leib zu pflegen, bis wieder günstiger Wind eintrete. „Das geschehe zur gewöhnlichen Stunde, wenn der Seewind allmälig aufhöre und dann

---

*) Minturnä, südlich von Terracina, an der Mündung des Liris (Garigliano).

**) Turme, eine Abtheilung Reiterei, 30 Mann stark, der zehnte Theil einer Ala.

***) Aenaria oder Pithekusa, jetzt Ischia, vulkanische Insel am Golf von Neapel.

von den Sümpfen ein Lüftchen herwehe, das vollkommen ausreichend sei!"

Marius, der ihren Versicherungen glaubte, machte es wirklich so. Nachdem die Schiffer ihn an's Land herausgebracht hatten, legte er sich auf einem grasigen Platze nieder und hatte nicht die entfernteste Ahnung von dem, was bevorstand. Jene aber stiegen sogleich wieder an Bord, lichteten die Anker und fuhren davon. Den Marius auszuliefern, dünkte ihnen schmählich; aber ebenso hielten sie auch seine Rettung nicht für ungefährlich.

So war er denn völlig allein, — im Stiche gelassen. Geraume Zeit lag er sprachlos auf dem Gestade, bis er sich zuletzt mit knapper Noth erholte und mühselig auf unwegsamen Pfaden weiter ging. Er kam durch tiefe Moräste und Gräben voll Wasser und Koth.

Endlich fand er eine Hütte, worin ein alter Mann wohnte, der in den Sümpfen arbeitete. Er bat ihn fußfällig und flehentlich, „sein Retter zu werden und einem Manne beizustehen, der ihm Alles weit über seine Erwartungen vergelten würde, wenn er der Noth des Augenblicks entgehen könnte!"

Der Mensch erkannte ihn vielleicht schon längst, oder hatte er bei seinem Anblick den Eindruck eines Gewaltigeren, den er achten mußte. Er erklärte ihm, daß sein Hüttchen groß genug sei, wenn er bloß ausruhen wolle; wenn er dagegen vor irgend Jemand auf der Flucht sei und deßhalb herumirre, so wolle er ihn an einem Orte verstecken, der eine größere Sicherheit darbiete.

Auf Marius' Bitte, dieß zu thun, führte er ihn nach dem Sumpfe und hieß ihn dort in einer Vertiefung am Flusse sich niederkauern. Hierauf deckte er ihn mit einer Masse Schilf zu und trug auch sonst noch Dinge verschiedener Art herbei, welche leicht waren und ohne Schaden um ihn her aufgehäuft werden konnten.

Cap. 38.

Es war noch nicht viele Zeit verstrichen, als von der Hütte her plötzlich ein Lärm und Geräusch zu ihm herandrang. Geminius hatte nämlich viele Leute von Terracina auf die Verfolgung ausgeschickt, von denen Etliche zufälligerweise dorthin kamen, den alten Mann in Schrecken jagten und auf ihn loschrieen: „er habe einen Feind der Römer bei sich aufgenommen und versteckt!"

Marius erhob sich also, warf seine Kleider ab und steckte sich tief in den See hinein, der ein dickes und sumpfartiges Wasser hatte. Er konnte also den Suchenden nicht verborgen bleiben, wurde herausgezogen, — voll Schmutz und Koth, völlig nackt nach Minturnä geschleppt und den dortigen Behörden übergeben. Denn bereits war an alle Städte in Betreff des Marius ein Befehl erlassen worden, wornach man ihn obrigkeitlich verfolgen und Jeder, dem der Fang gelänge, ihn umbringen sollte *).

Dennoch fanden die Behörden für gut, noch eine Berathung vorangehen zu lassen. Indessen legten sie den Marius in das Haus einer Dame, Fannia, welche, wie man glaubte, nicht eben freundlich gegen ihn gestimmt war. Der Anlaß hiezu ging auf ältere Zeiten zurück.

Fannia war früher an einen gewissen Titinnius verheirathet; sie hatte sich jedoch von demselben getrennt und forderte dann ihr glänzendes Beibringen wieder zurück. Dagegen bezüchtigte sie Titinnius des Ehebruchs und Marius, der damals sein sechstes Consulat bekleidete, hatte den Proceß zu entscheiden. Aus den gehaltenen gerichtlichen Vorträgen erhellte nun soviel, daß allerdings Fannia ein zügelloses Leben geführt, aber ihr Mann diesen Charakter seiner Gattin gekannt und sie dennoch zur Gattin genommen, ja sogar lange Zeit mit ihr gelebt hatte. Marius war über Beide ungehalten und befahl daher dem Manne die Herausgabe des Heirathguts, während er zugleich die Frau für schuldig erklärte und ihr zum Schimpfe eine Geldbuße von vier Kupfermünzen auferlegte.

Demungeachtet zeigte Fannia jetzt nicht die Leidenschaft eines beleidigten Weibes. Als sie den Marius sah, war sie von jeder Erinnerung an das erlittene Böse entfernt. Ja, sie bemühte sich vielmehr, so weit es die augenblicklichen Umstände erlaubten, für ihn zu sorgen und ihn zu ermuthigen. Dieß vergalt ihr Marius durch seine

---

*) Auch Tribun Sulpicius, der jüngere Marius und Andere waren damals geächtet.

anerkennenden Worte und versicherte sie seiner getrosten Stimmung, die er auf ein günstiges Zeichen begründete, welches ihm geworden sei. Dieß bestand in Folgendem:

Als er transportirt wurde und bereits bei Fannia's Hause angekommen war, so sprang beim Oeffnen der Thüre ein Esel in vollem Galopp heraus, um aus dem laufenden Brunnen, der in der Nähe war, zu trinken. Er warf einen kecken, fröhlichen Blick auf Marius, blieb dann zuerst ihm gegenüber stehen, ließ hierauf ein helles Gewieher ertönen, und galoppirte zuletzt in vollem Muthwillen an ihm vorüber.

Daraus zog nun Marius seine Schlüsse und behauptete, daß ihm der Himmel mehr vermittelst der See, als vermittelst des Landes, einen Rettungsweg anzeige; denn der Esel habe sich um das trockene Futter nichts bekümmert, sondern sei, von ihm weg, sogleich dem Wasser zugelaufen.

Nach diesem Gespräche mit Fannia blieb er für sich allein, um auszuruhen, und hatte befohlen, die Thüre des Zimmers abzuschließen.

Cap. 39.

In der Berathung der Behörden und Rathsherren von Minturnä wurde indessen beschlossen, nicht länger zu säumen, sondern den Gefangenen umbringen zu lassen. Von den Bürgern selbst unterzog sich jedoch Niemand der Ausführung; wohl aber fand sich ein Reiter von gallischer oder cimbrischer Abkunft (denn Beides wird von den Geschichtschreibern behauptet), der mit dem Schwert in der Hand zu ihm hineintrat.

Nun hatte aber das Zimmer in dem Theile, wo er gerade zum Ausruhen lag, kein ganz helles Licht, sondern es war ziemlich dunkel. Daher kam es dem Soldaten vor, als ob die Augen des Marius lauter Flammen gegen ihn aussprühten, und aus dem tiefen Dunkel donnerten ihm die Worte entgegen: „du wagst es also, Kerl, den Cajus Marius zu tödten?" Kurz, der Barbare flüchtete zum Zimmer hinaus, warf sein Schwert geradezu weg und schrie, wie er zur Hausthüre hinauslief, immer nur die Worte: „ich kann den Marius nicht umbringen!"

Jedermann war darüber betroffen. Diesem Gefühle folgte Mitleiden und Reue über den gefaßten Beschluß, neben Vorwürfen, die sie sich selbst machten. Denn jetzt erschien ihnen ihr beabsichtigtes Vorhaben im höchsten Grade frevelhaft uud undankbar bei einem Manne, dem Italien seine Rettung verdankte, und bei dem schon die Unterlassung der wirklichen Hilfe arg genug war. „Nun, so mag er hingeh'n, wohin er will! Mag er als Flüchtling anderswo seine Geschicke erfüllen! Wir wollen die Götter bitten, uns nicht zu zürnen, daß wir Marius hilflos und nackt aus unserer Stadt hinausgeworfen haben!"

Von solchen Gedanken getrieben, stürzten sie schaarenweise in sein Haus und führten ihn sodann in ihrer Mitte an den Meeresstrand. Da aber Jeder ihm bereitwilligst noch mit irgend Etwas zu dienen, — Alle ihm ihren Eifer zu beweisen suchten, so entstand dadurch eine größere Verzögerung. Es befindet sich nämlich dort ein Hain der Nymphe Marika*), welchen sie heilig halten, indem sie namentlich verhüten, daß nichts wieder aus demselben hinausgetragen werde, was hineingetragen wurde. Dieser Hain war für den Weg zum Meere sehr hinderlich. Man mußte ihn im Kreise umgehen, und dieß verursachte große Langsamkeit. Endlich aber rief einer der älteren Männer mit lauter Stimme: „man dürfe jeden Weg betreten und gehen, auf dem man einen Marius rette!" Und mit diesen Worten nahm er selbst zuerst einen Gegenstand, der nach dem Schiff gebracht werden sollte, und ging damit durch jenen Ort hindurch.

Cap. 40.

Bei einer solchen Bereitwilligkeit war in Kurzem Alles herbeigeschafft. Ein gewisser Beläus lieferte ein Schiff für Marius, welcher späterhin ein Gemälde von diesen Ereignissen verfertigen und in dem Tempel**) als Weihgeschenk aufstellen ließ.

Jetzt schiffte er sich ein und segelte ab. Bei dem günstigsten

---

*) Marika, eine Ufergöttin der Minturnenser, hatte am Flusse Liris einen Tempel.
**) Der Marika.

Winde, deſſen er ſich zu erfreuen hatte, gelangte er irgendwie durch einen glücklichen Zufall nach der Inſel Aenaria, wo er Granius und ſeine andern Freunde vorfand, mit denen er jetzt nach Afrika überſetzen wollte.

Unterwegs ging ihnen das Waſſer aus und dieß nöthigte ſie, in Sicilien bei Eryx *) anzuhalten. Aber in dieſen Gegenden ſtand der römiſche Quäſtor auf der Lauer und es fehlte nur wenig, ſo hätte er den Marius, der an's Land ſtieg, eingefangen. Jedenfalls tödtete er ungefähr eilf Leute von der Mannſchaft, die Waſſer holte.

Eiligſt ſegelte nun Marius weiter, über das Meer hinüber, nach der Inſel Meninx. Hier erfuhr er zum erſtenmal, daß ſein Sohn nebſt Cethegus gerettet und Beide unterwegs ſeien zu dem Könige von Numidien, Hiempſal, um deſſen Beiſtand nachzuſuchen.

Dieß ermuthigte ihn, nach kurzer Erholung die Inſel wieder zu verlaſſen und in dem Gebiete von Carthago zu landen. Proprätor von Afrika war damals ein Römer, Sextilius, der von Marius niemals weder etwas Böſes, noch etwas Gutes erfahren hatte, und von dem man nun eben eine Unterſtützung ſozuſagen aus Mitleiden erwartete.

Aber kaum war Marius mit etlichen Leuten an's Land geſtiegen, als bereits ein Amtsdiener ihn aufſuchte, ſich vor ihn ſtellte und ihm erklärte: „Prätor Sextilius geſtattet dir nicht, Marius, den Boden Afrika's zu betreten; widrigenfalls erklärt er, die Beſchlüſſe des Senats aufrecht erhalten zu wollen, indem er dich als Feind des römiſchen Volkes behandelt!"

Als Marius dieß hörte, vermochte er vor Schmerz und Niedergeſchlagenheit kein Wort herauszubringen. Lange Zeit blieb er ganz unbeweglich und warf nur einen furchtbaren Blick auf den Diener. Als ihn der Letztere fragte, was er dem Prätor ſagen und ausrichten ſolle, erwiederte er mit einem ſchweren Seufzer: „ſo melde ihm, daß du den Cajus Marius auf den Trümmern von Carthago als Flüchtling habeſt ſitzen ſehen!" — eine Aeußerung, worin er auf treffende

---

*) Eryx, Stadt im Weſten Siciliens, jetzt Trapani del Monte, mit einem Venustempel, weßwegen dieſe Göttin oft Erycina heißt.

Weise zugleich das Schicksal dieser Stadt und den Umschlag seines Glückes als Warnungsbeispiel aufstellte.

Indessen schwankte der numidische König Hiempsal in seinen Entschlüssen hin und her. Er behandelte den jungen Marius nebst dessen Begleitern höchst ehrenvoll; als sie sich aber entfernen wollten, so hielt er sie immer wieder unter neuen Vorwänden zurück. Es war offenbar, daß er nichts Gutes im Schilde führte, indem er diesen beständigen Aufschub veranlaßte.

Demungeachtet diente ihnen ein ganz natürlicher Vorfall, der sich ereignete, zur Rettung. Der junge Marius besaß ein hübsches Aeußeres und so ging denn einer der königlichen Kebsweiber seine unwürdige Lage zu Herzen. Dieses Mitleiden wurde der Anfang und Vorwand der Liebe. Anfänglich wies er das Weib zurück. Als er aber sah, daß es keinen anderen Weg zur Flucht gebe, und Alles von ihrer Seite mit einem Ernst und Eifer betrieben wurde, der auf mehr, als bloße zügellose Sinnlichkeit hinwies, so nahm er ihr Wohlwollen an. Er wurde von ihr hinausgelassen, entlief mit seinen Freunden und gelangte glücklich zu Marius.

Nachdem sie sich gegenseitig begrüßt hatten, machten sie einen Gang am Meere hin, wobei sie auf Scorpionen trafen, die miteinander im Kampfe lagen, — ein Zeichen, das dem Marius höchst mißlich vorkam. Sie bestiegen daher sogleich ein Fischerboot, um nach Cercina überzusetzen, einer Insel ganz in der Nähe des Festlandes. Es war die höchste Zeit! Denn kaum fuhren sie ab, als man Reiter, die der König ausschickte, an eben den Platz heransprengen sah, von wo sie abgefahren waren. Sein ganzes Lebenslang, glaubte Marius, sei er nicht leicht einer größeren Gefahr entgangen, als in diesem Augenblicke.

Cap. 41.

Indessen hörte man zu Rom, daß Sulla sich in Böotien mit den Feldherren des Mithridates herumschlage. Die Consuln aber geriethen aneinander[*] und griffen sogar zu den Waffen.

---

[*] Consuln waren Cn. Octavius und C. Cornel. Cinna. Der Letztere wollte die Rechte der italischen Bundesgenossen, die erst kürzlich das Bürgerrecht erhalten hatten, noch wesentlich erweitern; der aristokratische Octavius nahm sich der privilegirten Altbürger Roms an.

In dem Straßenkampfe, der nun erfolgte, behielt Octavius die Oberhand und jagte den Cinna, der ein allzu tyrannisches Regiment zu führen suchte, zur Stadt hinaus, worauf er den Cornelius Merula an seiner Stelle zum Consul einsetzte. Allein Cinna brachte aus dem übrigen Italien wieder ein Heer zusammen und begann einen neuen entschiedenen Kampf wider seine Gegner.

Sobald dieß Marius erfuhr, hielt er es für angemessen, sich urplötzlich einzuschiffen. Er nahm aus Afrika bloß einige maurische Reiter, sowie etliche italische Flüchtlinge mit sich. Beide zusammen betrugen jedoch nicht mehr als tausend Mann.

Mit diesen ging er auf die See, fuhr bei Telamon in Etrurien an's Land, und ließ allen Sklaven die Freiheit verkündigen. Auch die dortigen freien Landbauern und Hirten eilten, von seinem Ruhme angezogen, massenhaft an's Meer. Er gewann von ihnen gleichfalls die Tüchtigsten und brachte somit in wenigen Tagen eine bedeutende Truppenmacht zusammen, wie er auch vierzig Schiffe bemannte.

Wohl wissend, daß Octavius der rechtschaffenste Mann war, der sein Regiment nur in den strengsten Formen des Rechts zu führen wünschte, Cinna dagegen dem Sulla verdächtig erschien und gegen die bestehende Verfassung kämpfte, beschloß nun Marius, sich dem Letzteren mit seinen Streitkräften anzuschließen. Er ließ ihm also durch einen Abgesandten melden, daß er ihn als Consul anerkenne und alle seine Befehle vollziehen werde.

Cinna nahm diese Anerbietungen an, ja er ernannte ihn dafür zum Proconsul und übersandte ihm die Fascen nebst den sonstigen Insignien seiner Würde. Allein Marius erklärte, daß derartige Auszeichnungen sich mit seinen Verhältnissen nicht vertrügen. In einem elenden Anzuge und mit Haaren, die er vom ersten Tage seiner Flucht an hatte wachsen lassen, — so trat der mehr als siebzigjährige Greis daher! Er wollte sich dadurch zu einem Gegenstande des Mitleids machen, allein dieses jämmerliche Auftreten hatte eine überwiegende Beimischung von dem charakteristischen Zuge seines Aeußern, von dem Schreckhaften. Durch alle scheinbare Niedergeschlagenheit schimmerte ein Zorn hindurch, der nicht gedemüthigt, sondern durch den erfahrenen Wechsel seines Schicksals nur verbittert war.

Cap. 42.

Nachdem er Cinna begrüßt und an die Soldaten eine Ansprache gehalten hatte, ging er frisch an's Werk und bewirkte schnell eine große Veränderung in der Sachlage.

Vor Allem schnitt er mit seinen Schiffen die Getreidezufuhren ab, plünderte die Kaufleute und bemächtigte sich auf diese Weise des Marktes. Hierauf segelte er an die Küstenstädte und eroberte sie. Zuletzt nahm er auch Ostia selbst weg mittelst Verraths, ließ alles Werthvolle plündern und den größten Theil der Einwohner niedermetzeln; auch schnitt er durch eine Brücke, die er über den Fluß schlug, den Feinden alle die reichen Subsistenzmittel völlig ab, die sie von der See bezogen.

Jetzt brach er mit seiner Armee auf, um gegen die Hauptstadt vorzurücken. Es gelang ihm, den Berg Janiculum zu besetzen, indem Octavius nicht sowohl durch Unklugheit seiner Sache schadete, als vielmehr zu seinem größten Nachtheile, — vor lauter pedantischer Berücksichtigung aller Rechte, die zweckmäßigsten Maßregeln verabsäumte. So wurde er vielfach aufgefordert, die Sklaven zur Freiheit aufzurufen, aber er erklärte, „der dienstbaren Klasse keinen Antheil am Vaterlande geben zu wollen, von welchem er im Kampfe für das Gesetz einen Cajus Marius ausschließe!"

Aber nun kam Metellus nach Rom, — der Sohn desjenigen Metellus, der in Afrika Oberbefehlshaber gewesen und von Marius vertrieben worden war. Dieser Mann *) besaß offenbar in weit höherem Grade, als Octavius, die Eigenschaften eines Feldherrn. Deßwegen verließen die Soldaten den Octavius und kamen zu i h m mit der Bitte, den Befehl zu übernehmen und die Hauptstadt zu retten. Sie versicherten, tapfer kämpfen und gewiß den Sieg erringen

---

*) G. Cäcil. Metellus Pius stand damals eigentlich gegen die Samniter im Felde, welche noch vom Bundesgenossenkriege her im Aufruhr waren. Der Senat befahl ihm einen Friedensabschluß, allein man ward nicht einig. Marius, der dieß erfuhr, bot den Feinden viel günstigere Bedingungen, weßhalb sie sich auf dessen Seite schlugen.

zu wollen, wenn sie nur erst einen erfahrenen, thatkräftigen Anführer bekommen hätten. Als aber Metellus seine Unzufriedenheit gegen sie äußerte und sie wieder zu ihrem Consul gehen hieß, so gingen sie, — aber zu den Feinden hinüber. Auch Metellus entfernte sich jetzt, weil er die Hauptstadt aufgab.

Octavius dagegen ließ sich durch das Geschwätze von Chaldäern, Wahrsagern und Sibyllisten *) bewegen, in Rom zu bleiben, als ob Alles noch gut ablaufen würde. Marius und Cinna hatten ihm auch eidlich Sicherheit versprochen. Dieser Mann hatte im Uebrigen die wackerste Gesinnung von allen Römern. Namentlich behauptete er die Würde des Consulats fest gegen alle schmeichlerischen Einflüsse, ganz nach den Gewohnheiten und Gesetzen der alten Zeit, in welcher er durchaus unveränderliche Normen erblickte. Aber in Dingen, wie die obigen, zeigte er eine große Schwachheit, indem er mit Gauklern und Zukunftspropheten mehr zusammen war, als mit tüchtigen Staatsmännern oder erprobten Soldaten. Dieser Mann also wurde, noch ehe Marius selbst einrückte, durch die vorausgeschickte Rotte von der Rednerbühne heruntergerissen und ermordet. Man soll nach seiner Ermordung noch ein chaldäisches Amulet in den innersten Falten seiner Kleidung gefunden haben.

Es war in der That ein höchst auffallender Contrast: von zwei hervorragenden Heerführern der Eine, Marius, wieder in die Höhe gehoben, weil er die Mantik nicht verachtete, der Andere, Octavius, aus demselben Grunde — untergegangen!

Cap. 43.

So standen demnach die Angelegenheiten, als der Senat, der sich versammelt hatte, Abgesandte an Cinna und Marius schickte, mit der Bitte, einzuziehen und das Leben der Bürger zu schonen.

Cinna saß bei der Verhandlung als Consul auf einer sella curulis und gab den Abgeordneten sehr freundliche Erwiederungen. Marius dagegen stand neben dessen Stuhle, ohne einen Laut von sich

---

*) Sibyllisten, d. h. Erklärer der sibyllinischen Bücher (wie man z. B. sagt: Talmudisten 2c.).

zu geben; aber der tiefe Ernst seiner Mienen und das Finstere seines Blickes ließ beständig ahnen, daß er alsbald die Stadt mit Mord und Blut erfüllen würde.

Als sie sich darauf erhoben und in Bewegung setzten, hielt Cinna seinen Einzug mit einer glänzenden Bedeckung. Marius dagegen machte an den Thoren Halt und erklärte mit der Ironie des Ingrimms: „er sei ja nur ein Verbannter und sei nach gesetzlicher Verfügung von seiner Vaterstadt ausgeschlossen; sofern Jemand seine Anwesenheit wünsche, so müsse die Abstimmung, die ihn zum Flüchtling gemacht, vorerst durch eine andere wieder aufgehoben werden!"

So gab er sich den Schein eines gesetzlichen Mannes, der nur in eine freie Stadt zurückkehren wollte.

Er berief nun das Volk auf das Forum. Allein ehe noch drei oder vier Tribus ihre Stimmen abgegeben hatten, ließ er die ganze Maske und all' jene Entschuldigungen von Flüchtlingschaft plötzlich fallen und zog mit einem Haufen von bewaffneten Schergen ein, die aus hergelaufenen Sklaven bestanden und von ihm Bardyäer*) genannt wurden. Diese brachten eine Menge Menschen um, theils auf ausdrücklichen mündlichen Befehl, theils auf einen bloßen Wink von ihm. Zuletzt wurde sogar ein Senator und früherer Prätor, Ancharius, der den Marius begrüßte, ohne eine Antwort zu erhalten, vor seinen Augen zu Boden geworfen und niedergehauen.

Von jetzt an ging es auch bei Anderen so. Wenn ihn Jemand grüßte, ohne eine Erwiederung oder einen Gegengruß zu empfangen, so genügte dieß als Zeichen, um ihn ohne Weiteres auf der Straße zu massakriren, so daß selbst Marius' Freunde insgesammt voll Todesangst und Schrecken waren, so oft sie sich demselben mit einem Gruße nähern mußten.

Diese fortwährenden Metzeleien entleideten nun dem Cinna, der des Mordens bereits satt war. Bei Marius dagegen zeigte sich sein Ingrimm jeden Tag wieder neu und blutdürstig, und so wandelte er durch die Reihen aller derjenigen, gegen die er irgend einen Argwohn hegte. Jede Straße, jede Stadt füllte sich mit Verfolgern, die eine wahre Treibjagd auf die Flüchtigen und Versteckten ausführten.

---

*) Bardyäer, ein Wort von unsicherer Ableitung.

Jetzt sah man, wie auch die Verhältnisse der Gast- oder der persönlichen Freundschaft im Unglück so gar nicht Stand halten. Denn es waren deren nur äußerst Wenige, die ihre Freunde, welche bei ihnen eine Zuflucht suchten, nicht an ihre Mörder verriethen.

Um so mehr Anerkennung und Bewunderung verdienen die Sklaven des Cornutus, welche ihren Herrn daheim versteckten, irgend einen von den vielen Leichnamen am Halse aufhängten, ihn mit einem goldenen Fingerring ausstatteten, so den Schergen des Marius zeigten und zuletzt mit allen Ehren, wie wenn er es selbst wäre, begruben. Kein Mensch schöpfte den geringsten Verdacht; aber Cornutus konnte auf diese Weise, unentdeckt, von seinen Sklaven nach Gallien hinübergebracht werden.

Cap. 44.

Auch Marcus Antonius*) fand einen wackeren Freund und war dennoch unglücklich. Dieser Freund war nämlich unbemittelt und aus dem niedrigen Volke. Da er nun den ersten Mann von Rom in's Haus aufgenommen hatte und ihm, soweit es die Verhältnisse gestatteten, seine Liebe bezeigen wollte, so schickte er einmal einen Sklaven zu einem der benachbarten Schenkwirthe, um Wein zu holen. Da der Sklave den Wein genauer versuchte und besseren verlangte, so fragte der Schenkwirth: „was denn der Grund sei, daß er nicht, wie gewöhnlich, neuen, geringen kaufe, sondern vom starken und theurern?" Offenherzig sagte nun Jener, weil er den Wirth für einen vertrauten, guten Bekannten hielt: „sein Herr wolle damit dem Marcus Antonius aufwarten, der bei ihm versteckt sei!"

Der gottesvergessene, schnöde Schenkwirth ließ kaum den Sklaven sich entfernen, als er gestreckten Laufs zu Marius eilte, der bereits an der Tafel saß. Er wurde eingeführt und machte das Anerbieten, ihm den Antonius in die Hände zu liefern. Wie Marius dieß hörte, soll er laut aufgeschrieen und vor Vergnügen mit den Händen geklatscht haben. Wenig fehlte, so stand er auf und jagte selber nach dem Orte.

---

*) Der Großvater des späteren Triumvirs, ein berühmter Redner.

Doch hielten ihn seine Freunde zurück und er schickte den Annius in Begleitung von Soldaten ab, mit dem Befehle, alsbald den Kopf des Antonius zu überbringen. Wie sie nun an das Haus kamen, so blieb Annius an der Thüre stehen, während die Soldaten die Treppe hinaufstiegen in das Zimmer. Aber der Anblick des Antonius wirkte auf sie dahin, daß Jeder den Andern aufforderte und vorschieben wollte, um an seiner Stelle den Mord zu vollbringen. So groß war, wie es scheint, bei diesem Manne der zauberische Reiz und die Anmuth seiner Worte, daß er nur anfangen durfte zu sprechen und um Schonung seines Lebens zu bitten: — und siehe da, Keiner wagte mehr, ihn anzutasten oder auch nur seinem Auge zu begegnen. Alle senkten den Blick zu Boden und vergoßen Thränen.

Bei diesem Verzuge stieg nun auch Annius herauf und sah, wie Antonius das Gespräch führte, wobei die Soldaten von ihm ganz erschüttert und bezaubert wurden. Annius schalt sie aus, lief selbst hinzu und hieb ihm den Kopf herunter.

Luctatius Catulus, der ehemalige College des Marius, der auch mit ihm über die Cimbern triumphirt hatte, hörte, wie Marius denen, die für ihn um Begnadigung bitten wollten, nur mit den Worten antwortete: „muß sterben!" Er schloß sich daher in sein Zimmer ein und erstickte sich durch einen starken Kohlendampf.

Als man jetzt die geköpften Leichname*) aus den Häusern warf und auf der Straße mit Füßen trat, so war es nicht sowohl ein Gefühl des Mitleids, als des Schauders und der bebenden Angst, was bei diesem Anblick Jedermann ergriff.

Den schmerzlichsten Eindruck auf das Volk machte jedoch die Zügellosigkeit der sogenannten Bardyäer. Während sie ihre früheren Herren ermordeten, mißhandelten sie zugleich die Kinder auf die schnödeste Weise, entehrten die Hausfrau mit Gewalt und waren ganz unbändig im Rauben und schändlichen Morden. Endlich faßten Cinna und Sartorius einen gemeinschaftlichen Plan, in Folge dessen sie die Bardyäer während des Schlafs in ihrem Lager überfielen und sämmtliche mit Wurfspießen niederstrecken ließen.

---

*) Die Köpfe der vornehmsten Hingerichteten wurden an der Rednerbühne aufgesteckt.

Cap. 45.

Aber jetzt war es, als ob sich plötzlich der Wind drehte. Von allen Seiten lief die Nachricht ein, daß Sulla den mithridatischen Krieg vollständig abgemacht, die Provinzen wieder erobert hätte und mit gewaltigen Heeren über das Meer herankomme. Dieß veranlaßte ein kurzes Einhalten, eine vorübergehende Ruhe von dem unsäglichen Elend, weil die Marianer glaubten, im nächsten Augenblicke den Krieg gegen sie selbst herannahen zu sehen.

Marius erhielt also sein siebentes Consulat*). Bei seinem ersten Auftreten, gerade am ersten Januar, dem Jahresanfang, ließ er einen gewissen Sextus Lucinus vom tarpejischen Felsen herunterstürzen, — das deutlichste Anzeichen für die Partei und für die ganze Stadt, daß wieder neues Unheil bevorstand!

Marius selbst fühlte sich bereits durch die Anstrengungen und Sorgen völlig ermattet; er war von der Last seiner Strapazen gleichfalls überbürdet. Er vermochte es nicht mehr, seine Seele aufzurichten, die bei dem schweren Gedanken an einen abermaligen, neuen Krieg, neue Kämpfe, neue Zeiten der Angst erzitterte, weil sie diese Schrecken, diese Ermattung aus Erfahrung kannte. Er überlegte wohl, daß er es dießmal nicht mit einem Octavius oder Merula zu thun haben würde, — also nicht mit Feldherren, die nur an der Spitze eines zusammengeflößten Parteipöbels stünden, — daß vielmehr ein Sulla heranrücke, der Mann, welcher ihn selbst schon vor längerer Zeit einmal aus Rom hinausgejagt und jetzt den Mithridates zu Paaren getrieben, ja auf den Pontus Euxinus beschränkt hätte!

Von derartigen Betrachtungen wurde er ganz niedergeschmettert. Er malte sich sein langes Umherirren in der Welt, seine vielfachen Fluchten und Gefahren, als er durch Land und Meer gejagt wurde, lebhaft vor die Augen. Dadurch verfiel er in eine entsetzliche Muthlosigkeit; er bekam nächtliche Anwandlungen von schwerer Angst und

---

*) Sein College war Cinna. Nach Livius setzten sie sich selbst — ohne Volkswahl — in dieses Amt ein.

beunruhigende Träume, indem es ihm allezeit vorkam, als hörte er eine Stimme rufen:

„Schrecklich ist eben das Lager, auch wenn es der Löwe verlassen!" *)

Am allermeisten aber fürchtete er die häufige Schlaflosigkeit. Deßwegen warf er sich auf's — Saufen. Er berauschte sich zur höchsten Unzeit und auf eine für sein Alter ganz unpassende Weise, indem er, um den Sorgen zu entfliehen, mit Gewalt den Schlaf zu erzwingen suchte. Zuletzt, als wieder eine Nachricht von der Küste eintraf, ward er von neuen Aengsten befallen und verfiel theils aus Furcht vor der Zukunft, theils gleichsam aus Verdruß und Ekel hinsichtlich seiner gegenwärtigen Lage durch eine Kleinigkeit, die noch dazu kam, in eine schwere Krankheit, die Pleuritis. (Entzündliches Seitenstechen.) So erzählt der Philosoph Posidonius und fügt hinzu, daß er ihn selbst besucht und als Gesandter **) über die betreffenden Gegenstände mit dem bereits erkrankten Marius gesprochen habe.

Ein anderer Geschichtschreiber, Cajus Piso, berichtet, daß Marius nach der Tafel mit seinen Freunden auf- und abgegangen und im Gespräche auf seine Lebensschicksale geführt worden sei, wobei er ganz von vorne anfing; nachdem er die vielfachen glücklichen und unglücklichen Wechsel geschildert, habe er geäußert, daß es eine Thorheit sein würde, sich noch einmal dem Zufall anzuvertrauen. Hierauf habe er sich von allen Anwesenden verabschiedet, sich ohne Unterbrechung sieben Tage im Bette gehalten und — sei gestorben.

Dagegen erzählen wieder andere Schriftsteller: sein Ehrgeiz habe sich in der Krankheit erst recht vollständig enthüllt und zu einem tollen Wahnsinn gesteigert. Er bildete sich ein, im mithridatischen Kriege zu kommandiren, nahm sodann, wie er dieß im heftigen Kampfe selbst zu thun gewohnt war, allerhand Stellungen an und machte entsprechende Bewegungen, wobei er aus voller Kehle ein Geschrei erhob und häufige Siegesrufe ertönen ließ.

---

*) Ein Vers von unbekanntem Verfasser.
**) Wahrscheinlich Gesandter von Rhodus, wo Posidonius längere Zeit Philosophie lehrte.

So entsetzlich stark, so mit nichts zu beschwichtigen war bei ihm das Streben nach jener Würde, das ihm seine Herrschsucht und Eifersucht eingeflößt hatte. Und so war er denn siebzig Jahre alt geworden, — war der erste Mensch gewesen, der siebenmal zum Consul ernannt wurde, — hatte ein Haus und einen Reichthum erworben, der für viele Throne zugleich genügen konnte, und dennoch jammerte er über sein Schicksal, weil ihm noch Etwas fehle und weil er zu frühe sterben müsse, ohne seine Wünsche erfüllt zu sehen!

Cap. 46.

Als Plato dem Tode nahe war, so pries er noch seinen guten Genius und sein Geschick dafür, daß er „für's Erste als ein Mensch, sodann als ein Grieche, — nicht als ein Barbar, auch nicht als ein von Natur unvernünftiges Thier auf die Welt gekommen und zu all' diesem, daß seine Geburt in die Zeiten eines Sokrates gefallen sei!" Auf ähnliche Weise soll auch Antipater von Tarsus *) beim Herannahen des Todes noch all' das viele hohe Glück aufgezählt haben, das er erfahren durfte, wobei er namentlich seine glückliche Fahrt von der Heimath nach Athen nicht vergaß. Er betrachtete das Schicksal als einen wohlwollenden Freund und war für jede Gabe desselben auf's Aeußerste dankbar. Er behielt sie bis an's Ende in seinem Gedächtnisse, welches für den Menschen der sicherste Ort ist, um seine Güter darin aufzubewahren. Einem Menschen ohne Erinnerung, ohne Gedanken entschwindet mit der Zeit unvermerkt Alles wieder, was ihm zu Theil wird. Er kann nichts innerlich in sich aufbehalten; daher bleibt er allezeit sozusagen leer von allem Guten und lediglich voll von eitlen Hoffnungen. Er richtet seinen Blick nur auf die Zukunft und versäumt darüber seine Gegenwart. Und doch vermag das Schicksal jene Erwartungen noch zu hintertreiben, während das Empfangene unentreißbar ist. Aber demungeachtet werfen die Menschen diesen Theil ihres Geschickes über Bord, als ginge sie Alles mit nichten an. Dagegen machen sie sich über jenes Ungewisse ihre hohlen Träumereien! Sie verdienen ihr Loos! Denn bevor sie noch durch Unter-

---

*) Stoiker, Lehrer des Panätius von Rhodus.

richt und Erziehung einen festen Platz, ein Fundament gewonnen haben für die äußeren Güter, schleppen und tragen sie dieselben bereits zusammen und können daher natürlich die Unersättlichkeit ihrer Seele niemals befriedigen.

Marius starb nun also, nachdem er noch siebzehn Tage von seinem siebenten Consulat erlebt hatte. Alsbald herrschte zu Rom wieder Freude und Vertrauen in hohem Grade, weil man sich von einer schweren Tyrannei befreit fühlte.

In wenigen Tagen merkte man jedoch, daß man statt eines alten Despoten nur einen neuen, mit voller Jugendkraft ausgestatteten, eingetauscht hatte. So groß war die Grausamkeit und Erbitterung, welche sein Sohn, der junge Marius, an den Tag legte, als er die vornehmsten und angesehensten Männer ermorden ließ!

Man glaubte jedoch in ihm eine unternehmende, dem Feinde gegenüber kühne Persönlichkeit zu sehen, weßhalb man ihn anfänglich einen „Sohn des Mars" nannte. Bald fand man auch diese Erwartung durch seine Handlungen widerlegt und jetzt hieß er wieder ein — „Sohn der Venus!"

Zuletzt wurde er von Sulla in Präneste eingeschlossen. Nach vielen vergeblichen Versuchen, sein Leben zu retten, sah er bei der Eroberung der Stadt keinen Ausweg mehr offen und endete als — Selbstmörder.